Charlye Ménétrier McGrath

Charlye Ménétrier McGrath a longtemps travaillé dans l'industrie musicale. Son temps est désormais partagé entre son activité à l'Université de Lyon et l'écriture. Son premier roman, *Les Sales Gosses*, a paru chez Fleuve Éditions en 2019 après avoir reçu le prix e-crire au féminin en 2016.

Retrouvez l'actualité de l'auteur sur :
www.facebook.com/charlyemenetriermcg

LES SALES GOSSES

CHARLYE MÉNÉTRIER McGRATH

LES SALES GOSSES

Ce roman est directement inspiré de la nouvelle du même nom.
Nouvelle lauréate du prix e-crire Aufeminin 2016

Pocket, une marque d'Univers Poche,
est un éditeur qui s'engage pour la préservation
de l'environnement et qui utilise du papier fabriqué
à partir de bois provenant de forêts gérées
de manière responsable.

Le Code de la propriété intellectuelle n'autorisant, aux termes de l'article L. 122-5, 2° et 3° a, d'une part, que les « copies ou reproductions strictement réservées à l'usage privé du copiste et non destinées à une utilisation collective » et, d'autre part, que les analyses et les courtes citations dans un but d'exemple et d'illustration, « toute représentation ou reproduction intégrale ou partielle faite sans le consentement de l'auteur ou de ses ayants droit ou ayants cause est illicite » (art. L. 122-4).
Cette représentation ou reproduction, par quelque procédé que ce soit, constituerait donc une contrefaçon, sanctionnée par les articles L. 335-2 et suivants du Code de la propriété intellectuelle.

© 2019 Fleuve Éditions, département d'Univers Poche
ISBN : 978-2-266-30792-5
Dépôt légal : avril 2020

À Juliette, Thomas, Ibrahim et Sandro

« Suppose que tu rencontres un fou qui affirme qu'il est un poisson et que nous sommes tous des poissons. Vas-tu te disputer avec lui ? Vas-tu te déshabiller devant lui pour lui montrer que tu n'as pas de nageoires ? Vas-tu lui dire en face ce que tu penses ? Eh bien, dis-moi ! »

Son frère se taisait, et Édouard poursuivit : « Si tu ne lui disais que la vérité, que ce que tu penses vraiment de lui, ça voudrait dire que tu consens à avoir une discussion sérieuse avec un fou et que tu es toi-même fou. C'est exactement la même chose avec le monde qui nous entoure. Si tu t'obstinais à lui dire la vérité en face, ça voudrait dire que tu le prends au sérieux. Et prendre au sérieux quelque chose d'aussi peu sérieux, c'est perdre soi-même tout son sérieux. »

Milan KUNDERA
in *Risibles amours,*
Collection Blanche, Gallimard

« I'm sending my condolence
I'm sending my condolence to fear
I'm sending my condolence
I'm sending my condolence to insecurities
You should know by now
you should know by now that I just don't care
for what you might say
might bring someone downhill »

Benjamin CLEMENTINE
in « Condolence »
At least for now – Warner Chappell
Music France
and EOS Publishing

Prologue

Je m'appelle Jeanne Legaud, j'ai quatre-vingt-un ans, cinq enfants, dix petits-enfants et treize arrière-petits-enfants.

J'ai consacré ma vie à ma famille et j'étais persuadée, jusqu'à peu, d'avoir été une bonne mère.

Depuis que je suis ici, j'émets certains doutes. Si j'avais si bien fait mon travail de maman, ces sales gosses ne m'auraient pas jetée ici. Il y en aurait eu au moins un pour s'opposer à cette hérésie familiale, non ?

Le début de la fin, c'était à Noël dernier. Je venais de servir le café et les digestifs. Il y a eu les mines déconfites, les coups de coude à peine discrets, jusqu'à ce qu'Auguste, mon fils aîné, ose lâcher la bombe.

— Maman, nous avons réfléchi. Tu ne peux plus rester ici.

— Rester ici ?

— Je veux dire vivre seule dans cet immense appartement. Tu vieillis et…

— Et ?

— Il pourrait arriver malheur.

— Il arrivera malheur un jour ou l'autre, mon chéri. Je ne suis pas éternelle, tu sais.

Martine, ma quatrième, a insisté :

— Nous pensons que, dans une institution, ils… enfin, on prendrait soin de toi.

Je ne savais pas quoi répondre. Je me suis tue.

Les mois qui ont suivi, chacun a fait comme si cette conversation n'avait jamais eu lieu.

Chez nous, on ne se dispute pas, on ne se fâche jamais. Dans notre milieu, cela serait très mal vu, une mère en conflit avec ses enfants. Toute colère est priée de demeurer silencieuse. Toute vague, de repartir sagement vers l'horizon.

Alors, l'été dernier, quand ils ont vidé ma maison et qu'ils m'ont larguée dans cette résidence Bel-Âge, je n'ai même pas osé contester.

En réalité, je crois que j'étais tellement stupéfaite que j'ai abdiqué sans vraiment me battre.

En arrivant ici, j'ai boudé les quinze premiers jours. Puis j'ai doucement glissé dans un inquiétant mutisme. Je rongeais mon frein, muette comme une carpe, mais la colère était en train de me consumer de l'intérieur. Et puis, il y a deux mois, ma fille Rose a supplié :

— Maman, dis quelque chose, n'importe quoi, mais parle-moi.

Je l'ai regardée droit dans les yeux et j'ai lâché :

— Mimosa.

Elle a failli tomber de sa chaise. Folle de joie d'avoir eu mon premier mot depuis des semaines, la pauvre était loin d'imaginer qu'elle venait de m'aider à semer la graine de ma vengeance.

Depuis, je leur fais la misère. Je leur jette au visage des mots sans aucun rapport avec la conversation et j'observe leurs regards consternés et inquiets. J'adore ça, et ça passe le temps ! Ces ingrats sont persuadés que je suis sujette à une démence sénile. Le médecin s'arrache les cheveux sur mon cas et me fait passer des batteries d'examens. Pas plus tard qu'hier, quand Auguste m'a rendu visite, j'ai fait la morte pendant trois bonnes minutes. Ce nigaud a couru chercher de l'aide dans le bureau du directeur et quand ils ont débarqué en trombe dans la chambre, j'étais confortablement assise à mon fauteuil en train de feuilleter *Paris Match*.

— Maman, mais… mais tu vas bien ?

— Oui, merci, monsieur, je vais très bien.

— Maman ! Ne m'appelle pas monsieur, c'est moi, Auguste.

C'est mon coup de poignard préféré. Je leur balance du madame et du monsieur, ça les rend dingues.

— Je vais très bien, monsieur Auguste.

Pour la Toussaint, cette bande de goujats s'est donné bonne conscience en emmenant Mamie au restaurant.

Nous étions vingt-deux à table et je siégeais tel un P-DG déchu.

— Ça va, maman ? Tu es contente d'être avec nous ? a demandé Rose ma benjamine.

Par politesse, parce que je les ai bien élevés, ces morveux, toute la famille avait fait silence pour écouter ma réponse. L'occasion était trop belle.

— Ah ça oui, bordel de merde.

Vingt et une paires d'yeux se sont écarquillées et quelques bouchées de gigot ont failli passer par le mauvais tuyau. Je n'avais jamais juré de toute ma vie. Il a bien fallu dix minutes pour calmer le fou rire des petits. Depuis, je me délecte et je jure comme un charretier. Ces crétins ne devraient pas tarder à ajouter le syndrome de Gilles de La Tourette à mon dossier.

Finalement, mon seul regret est d'être restée polie si longtemps.

Samedi 4 janvier, 14 h 15

Bon sang, quel cauchemar, ce Noël en famille. J'ai bien cru que je n'y survivrais pas.

Avant de savoir que c'était mon petit-fils Nicolas qui était de corvée de transport de mémé, j'avais tout prévu.

Quarante minutes de voiture de la résidence des vieux jusqu'à la maison de campagne d'Auguste et Marjolaine, je comptais demander au moins trois pauses « petit coin ».

J'avais espéré ma fille Rose. Ces arrêts répétés l'auraient rendue dingue. Elle est tellement coincée que le simple mot « pipi » peut lui faire piquer un fard.

Mais, dans mes rêves les plus fous, c'était Martine, son mari et leur nouveau 4 × 4 qui venaient me chercher. Gérard nous rebat les oreilles avec cette fichue carriole depuis des semaines. Pour sûr, je me serais pissé dessus et je lui aurais offert l'option Mamie Jeanne pour son siège passager.

Nicolas, mon premier petit-fils, l'aîné de mon égoïste Auguste et de Marjolaine, l'apprentie châtelaine, on s'adore tous les deux.

Il était tellement content de ce petit trajet avec moi. Il n'arrêtait pas de me prendre la main, de me caresser les cheveux, de me demander si j'allais bien. À mon âge, c'est important, les câlins.

J'ai un peu honte en y repensant. Mais cela a été plus fort que moi. Impossible de me retenir quand l'occasion s'est présentée. Je crois que je file un mauvais coton. À un barrage routier, un agent de police a commencé à sermonner mon Nicolas.

— Dites donc, la cigarette au volant, ça vous distrait, mais surtout ça intoxique votre grand-mère. Jetez-moi ça, là. Hein ? J'ai pas raison, madame ?

— Pfff, fallait être là tout à l'heure, il fumait un drôle de truc, là oui, ça empestait, pour sûr.

Rohlala, la tête de mon petit-fils. Il a eu beau lui montrer son paquet qui contenait quelques cigarettes mentholées, le gendarme n'a rien voulu savoir.

Sur le coup, cela m'a un peu embêtée de lui faire ça à lui. D'autant que les chiens renifleurs lui ont crotté toute la voiture avec leurs pattes humides. Mais je savais que ma petite blague provoquerait un retard conséquent et que la Marjolaine en serait folle. « La fin justifie les moyens », comme disait l'autre.

Nous sommes arrivés avec plus d'une heure de retard, ils m'attendaient tous sur le perron avec leurs têtes enfarinées.

J'ai attrapé mon petit-fils par le bras et je lui ai demandé :

— Où sommes-nous, mon chéri ? Bonjour, messieurs-dames.

Dans les dents, fratrie d'ingrats !

— Mais, Grand-Mamie, c'est moi, Zuzu, ta cocotte mignonne, a dit ma petite Juliette, du haut de ses trois pommes.

Mes tout-petits, je ne peux pas faire semblant trop longtemps devant eux, cela briserait leurs cœurs innocents.

— Bonjour, ma chérie, tu donnes un baiser à ta vieille grand-mère ?

Tout le monde s'est détendu.

— Attendez, faut que je vous raconte ce que m'a fait Mamie. (Nicolas s'est tourné vers moi et a fait semblant de me pincer la joue.) Espèce de chipie, va ! Je suis sûr que ça te fait marrer, en plus. Tu crois que je ne vois pas ton rictus depuis que t'as fait ta super-blagounette.

Hervé a dégluti, Rose a hoqueté, comme chaque fois que je fais une sortie de route, et mes petits-enfants ont ricané nerveusement.

Moins de deux heures après notre arrivée, j'envisageais sérieusement de simuler un malaise cardiaque pour filer à l'hôpital et en finir avec cette corvée familiale.

Marie-Ange, ma cadette, et Marjolaine, ma belle-fille, entretiennent une rivalité sournoise qui nous a bien occupés durant les repas de famille des trente-cinq dernières années. Alors, cette année, quand elles ont annoncé qu'elles organiseraient les fêtes de Noël de concert, il y avait de quoi s'attendre au pire. En plus, ces greluches m'ont prise comme prétexte, comme quoi c'étaient mes premières vacances hors de la résidence et qu'elles ne seraient pas trop de deux pour tout préparer.

Sombres idiotes ! Je sais bien qu'aucune de vous deux n'a voulu lâcher le morceau.

Et cela n'a fait que se vanter et rabâcher la liste de ce que chacune avait fait ces trois dernières semaines pour préparer Noël.

Et Marjolaine de revenir à la charge :

— Vingt-sept bouches à nourrir. Cela fait un de ces travail. J'espère que vous appréciez.

Comme je commençais à trouver le temps long entre les entrées et le chapon, et que ces pimbêches la ramenaient un peu trop avec leur dîner pour vingt-sept, j'ai commencé à compter à la louche.

Une vie entière à faire à manger deux fois par jour à mon époux, qu'il repose en paix, à nos cinq enfants, même bien après leur majorité, et si souvent à mes petits-enfants.

Combien d'assiettes ai-je remplies, moi, ces soixante dernières années, sans réclamer de lauriers ?

Le résultat m'a fait tourner la tête.

Entre le fromage et la bûche, alors que la Marjolaine détaillait ses allées et venues chez le « meiiiilleur fromaaaager de la ville », j'ai lâché :

— Cent quatre-vingt-dix-sept mille cent.

Voilà comment animer un dîner de Noël.

— Quoi, maman ? Cent quatre-vingt-dix-sept mille cent quoi ?

— Cent quatre-vingt-dix-sept mille cent.

— Oui, on a entendu, maman, ça va maintenant. On te demande cent quatre-vingt-dix-sept mille cent quoi ? s'est impatienté Auguste.

— Cent quatre-vingt-dix-sept mille cent.

Heureusement que j'ai trouvé cette petite technique : je me mords l'intérieur de la joue quand j'ai trop envie de rire.

J'ai répété :

— Cent quatre-vingt-dix-sept mille cent.

— Mamie, tu parles en francs ou en euros ? a osé Florence avec une pointe d'humour.

— Cent quatre-vingt-dix-sept mille cent.

Et son mari d'ajouter :

— En anciens ou en nouveaux francs ?

Hilarité familiale, le vin aidant.

— Cent quatre-vingt-dix-sept mille cent.

— Mais cent quatre-vingt-dix-sept mille cent quoi, maman ? Kilomètres ? Années ? Habitants ? Crottes de chien ? s'est emportée Rose.

— Cent quatre-vingt-dix-sept mille cent.

Je vais finir par me blesser l'intérieur de la joue à force de me moquer d'eux.

— Cent quatre-vingt-dix-sept mille cent.

Martine a noyé le poisson, comme elle sait si bien le faire :

— Allons, allons, et si nous prenions le digestif au grand salon.

Parfait ! J'avais encore prévu un petit cadeau de Noël bien gratiné pour ma progéniture. En arrivant, je ne savais pas encore vraiment à qui s'adresserait cette crasse de la Nativité. C'est tombé sur Hervé. Mais mon choix n'était pas arbitraire pour autant.

Pendant le repas, j'avais entendu les jumeaux d'Hervé discuter de la nouvelle fiancée de leur père. Tout le monde semblait la connaître. Sauf moi, bien sûr.

Ah, c'est comme ça ? Tu veux jouer aux petits secrets avec ta maman.

Je savais avec certitude que le sujet « Charles » serait abordé tôt ou tard dans le week-end. Charles Derwosky, l'un des plus vieux amis de mon défunt mari, a passé l'arme à gauche le mois dernier. Un chic type. Les enfants l'ont toujours considéré comme leur oncle.

C'est Gérard, le mari de Martine, qui a ouvert le bal :

— Servez donc un verre de poire à Jeanne. Mamie, nous allons lever notre verre à la mémoire de Charles, hein ?

Depuis qu'ils m'ont jetée en maison de retraite, ce bourricot me parle toujours à cinq centimètres du visage en hurlant comme si j'étais devenue sourde.

J'ai répondu en beuglant dans son oreille :

— D'AAACCOOOORD !

Nicolas et les jumeaux ont éclaté de rire.

Après le toast, chacun y allait de son anecdote sur les quatre cents coups de leur père et de son ami Charlie. J'ai attendu que les rires retombent entre deux récits et je me suis adressée à Martine et à Marie-Ange pour lâcher ma bombe factice :

— C'est fou ce qu'Hervé ressemble à Charles. Les mêmes yeux.

Bégaiement, rire nerveux, silence, re-bégaiement, silence. Malaise général.

— Mes enfants, je suis épuisée. Je vous souhaite une bonne nuit.

De ma chambre, j'entendais presque tout ce qui se passait en bas. Débats, cris, pleurs, je n'en ai pas manqué une miette. Ces bougres d'ânes ont gobé mes sottises comme paroles d'Évangile.

Bonjour l'ambiance, le lendemain matin et les trois jours qui ont suivi !

Marie-Ange et ma petite-fille Corinne ont bien essayé de revenir avec moi sur le sujet, mais j'ai fait mine de ne pas comprendre de quoi elles parlaient.

Est-ce que j'ai dépassé les bornes sur ce coup-là ? Certainement.

Est-ce que je le regrette ? Certainement pas.

Tout compte fait, le séjour est passé plus vite que je ne le pensais.

Bon, ce n'est pas tout ça, mais je ferais mieux de me préparer. Marie-Ange, Rose et Hervé ne devraient plus tarder. Nous allons prendre le goûter chez Bernachon. Si Hervé est gentil aujourd'hui, je lui dirai peut-être que j'ai raconté n'importe quoi.

Mais, pour l'heure, je vais leur faire « le coup de la Fernande », du nom de la vieille qui nous l'a fait deux fois le mois dernier. Malheureusement pour elle, elle ne le fait pas exprès.

J'imagine la scène, et je ris toute seule. Mes trois enfants attablés dans le très chic salon de thé du 6e arrondissement. J'enlève mon manteau et oh ! zut alors ! Mamie Jeanne est en collant, elle a oublié de mettre sa jupe. Je vais leur fiche une de ces hontes. Ce vilain tour sera au moins aussi délicieux que les gourmandises que je vais engloutir.

Samedi 4 janvier, 17 h 45

Le vernis est en train de craquer, et moi avec.

Je comprends enfin l'expression « pousser mémé dans les orties », ça me gratte partout tellement je suis en colère.

À peine arrivés chez Bernachon, nous sommes tombés sur Dominique, le fils des Duvert.

Marie-Aimée Duvert a toujours été mon amie, ma confidente. Nos époux étaient très proches ; d'excellents amis pendant plus de cinquante ans et également associés dans la clinique qu'ils codirigeaient. Ils nous ont quittés la même année, paix à leurs âmes.

Enfin, elle, ses enfants se sont empressés de l'accueillir chez eux. Bon, au début, je ne dis pas, cela a été un peu chaotique. Il faut dire que c'est une vraie rebelle, ma Marie-Aimée. Elle ne s'en laisse pas conter. Tout le contraire de moi.

Ça lui a fait drôle de vivre à la montagne du jour au lendemain ; elle qui aimait tellement sa vie lyonnaise.

Je vivais encore chez moi à l'époque. Je lui ai souvent rendu visite. Mon Nicolas me conduisait là-haut, il en profitait pour s'aérer un peu. C'est tellement agréable, l'Alpe d'Huez, encore plus en été d'ailleurs.

Donc, nous voilà avec mes ingrats d'enfants, nez à nez avec Dominique et sa femme Sylvia. Nous nous sommes tombés dans les bras.

Cela a été, pour moi, l'occasion d'en apprendre de bien bonnes.

Quand je pense que mes saletés de mioches n'ont informé aucun de mes amis de mon « placement » en maison de retraite… C'est dire comme ils assument leur décision.

La pauvre Marie-Aimée m'a appelée en vain pendant des semaines avant de renoncer. Elle m'a même adressé des courriers, mais d'après ce que Rose a expliqué aux Duvert, Auguste et Martine ont jugé préférable de ne pas me les transmettre.

— Parce que, dans son état, il vaut mieux ne pas ressasser le passé, vous comprenez ?

Vous comprenez quoi, bougres d'ânes ? Que ma Marie-Aimée avait le pacemaker brisé de chagrin ? La pauvre était persuadée que je ne voulais plus lui parler jusqu'à ce que les rumeurs de mon étrange et soudaine démence lui parviennent aux oreilles.

Je digresse encore. Décidément !

Je me suis donc retrouvée là, plantée comme un ficus, au milieu du salon de thé, à ne plus savoir comment me comporter. C'est que je ne voulais pas être démasquée, mais à la fois, pas question que Marie-Aimée et sa famille continuent de croire que je débloquais du ciboulot.

Heureusement pour moi, mes enfants et ceux de mon amie sont, comme beaucoup, persuadés que les personnes âgées sont des sortes de pots de fleurs décoratifs.

Juste après nos embrassades, ils se sont tous mis à discuter comme si je n'étais pas là. J'en ai profité pour me faire oublier et me goinfrer de mignardises.

Le problème, c'est que, pour le coup, je ne pouvais pas enlever mon manteau.

J'ai quand même hésité quelques secondes parce qu'il faisait vraiment très chaud et que je suais à grosses gouttes sous ma peau lainée.

Quand les Duvert sont enfin partis, je n'étais pas loin de l'ébullition, physiquement et moralement. J'étais remontée comme un coucou, j'ai beuglé :

— Je veux un téléphone portable et j'exige de récupérer mon répertoire.

— Mais… maman…

— Il n'y a pas de « mais » !

Ah, la jubilation. Marie-Ange, du haut de ses cinquante-cinq ans, n'en menait pas bien large. L'espace d'un instant, j'ai même aperçu la grimace qu'elle faisait petite, lorsqu'il m'arrivait de la gronder. La dernière fois que j'avais vu cette bouille de petite fille prise en faute, elle venait d'avoir dix-sept ans et elle nous annonçait, à son père et à moi, qu'un beau parleur l'avait fichue enceinte.

Quel scandale, à l'époque ! Mon mari ne lui a plus adressé la parole pendant près de deux ans. Moi, je l'ai toujours soutenue et protégée, jamais un reproche. J'ai su enfouir ma déception et nous avons élevé sa fille, Corinne, du mieux que nous avons pu. Cela faisait une petite copine pour Rose, qui n'avait que quatre ans lorsque sa nièce est née. C'est sûr, ça en faisait du monde à la maison.

Donc la Marie-Ange était sous le choc et les deux autres nigauds, Hervé et Rose, ne savaient plus quoi dire, eux non plus. Un silence, enfin, un malaise, s'est installé.

J'ai profité de ces quelques minutes pour mettre en place ma nouvelle tactique.

Je vais dorénavant m'adresser à mes enfants comme s'ils étaient encore petits. Après tout, c'est eux qui ont commencé à m'infantiliser.

Quelques minutes pesantes ont passé et Rose a dit à son frère et à sa sœur :

— Nous avons conservé le premier portable de Paul. Il est très basique. Il devrait convenir à maman.

— Amen ! Enfin des paroles sensées.

— Maman, s'il te plaît, ne parle pas si fort, tout le monde nous regarde, a supplié Rose.

— Je parle fort si je veux. Pour vous, j'ai dû murmurer presque toute ma vie, c'est terminé !

Marie-Ange n'a pas pu s'empêcher de voler au secours de sa sœur en faisant remarquer d'un ton excédé :

— Tu sais, maman, je m'interroge. Je n'arrive vraiment pas à savoir. Depuis que tu es à la résidence, quand est-ce que tu es plus pénible ? Quand tu perds la boule ou pendant tes rares phases de lucidité, où tu nous agresses carrément ?

J'étais piquée au vif. La garce a cru bon d'ajouter en levant les yeux au ciel :

— Et puis, enlève-moi ce manteau. Il fait une chaleur à crever ici.

J'ai accompagné ma réponse d'une petite caresse sur la main de ma cadette :

— Tout de suite, ma chérie.

Je me suis levée en prenant bien soin de racler bruyamment la chaise sur le sol et j'ai retiré mon manteau.

Oh, mon Dieu ! Je ris encore à l'heure où j'écris ces lignes en repensant à leurs mines ahuries.

Mamie Jeanne présente la collection Damart 2013-2014.

Il nous a fallu moins d'une minute pour plier bagage et lever le camp.

Une fois dans la voiture d'Hervé, qui me raccompagnait à la résidence, j'ai remis le couvert :

— Je veux mon calepin téléphonique, Hervé. Vous n'avez pas le droit de me couper du monde extérieur et de ma vie sociale.

— Mais, maman, je ne sais pas où il se trouve. Il doit être dans un carton.

— Quel carton ?

— Bah, tu sais bien… quand on a déménagé l'appartement.

Mon cœur se serrait chaque fois que l'un d'entre eux évoquait l'appartement de notre famille vidé de tous ses meubles et ma vie entière empaquetée dans des boîtes.

J'ai explosé :

— Toi et tes crétins de frères et sœurs, vous allez vous débrouiller comme vous voulez, mais je veux ce carnet demain…

J'ai préféré interrompre ma phrase, sinon Hervé allait prendre pour tous les autres. Le pauvre était abasourdi derrière son volant. Je ne lui avais jamais parlé de la sorte. À vrai dire, je n'avais jamais parlé comme cela à personne.

— Maman, tu sais, tout est dans le garage chez Auguste et Marjolaine.

Nous étions arrêtés à un feu rouge, je me suis penchée vers lui et je lui ai caressé la joue en le regardant droit au fond des yeux. D'une voix calme, j'ai repris :

— Je vais le dire une ultime fois. Toi et ton abrutie de fratrie, vous allez me trouver ce foutu carnet et m'apporter un téléphone portable, sinon…

— Sinon ? a relancé timidement Hervé.

— Sinon, crois-moi, chéri, vous allez en baver des ronds de chapeau.

Le pauvre Hervé n'a plus ouvert la bouche jusqu'à ce que nous arrivions.

Quand j'ai vu qu'il faisait le tour du quartier pour se garer, je lui ai épargné ce calvaire supplémentaire :

— Je peux rentrer toute seule, tu sais. Tu n'as pas besoin de me remonter jusqu'à ma chambre.

— Tu… tu crois ?

— Oui, mon chéri. Ça va aller. Ne t'inquiète pas.

Son air défait a semblé instantanément apaisé par mes mots.

— Mais tu vas réussir à rentrer toute seule ? Je peux refaire un tour. Peut-être qu'une place s'est libérée.

— C'est ça ! Et peut-être que je vais gagner un million d'euros à la loterie ce soir.

— Depuis quand est-ce que tu joues au Loto, maman ?

— Je ne joue pas, justement. Je ne gagnerai pas plus au Loto ce soir qu'une place de stationnement ne se libérera un samedi à 17 heures dans ce fichu quartier.

— Maman !

— Hervé ?

Le bougre avait de nouveau l'air désespéré. Une vilaine culpabilité m'a serré la poitrine un instant. Je me suis vite ressaisie en pensant que mon formulaire d'admission comportait leurs cinq signatures.

— Maman, qu'est-ce qu'il se passe exactement ? Je ne comprends plus rien. Un coup, tu as l'air de vivre dans un monde parallèle et… l'instant d'après, on parle comme on le faisait avant que tu emménages à la maison de retraite.

— Que j'emménage ? Je n'ai pas emménagé, Hervé. Vous vous êtes débarrassés de moi comme d'une vieille chaussette trouée en me fichant dans ce mouroir qui pue la pisse. Nuance, bougre d'âne !

— Tu vois, tu recommences. D'un coup, tu redeviens agressive et, surtout, tu es tellement vulgaire.

Hervé avait stoppé la voiture devant l'entrée de la résidence et enclenché les feux de détresse. Bien que la rue permette un stationnement en double file sans bloquer la circulation, un quinquagénaire dans un gros 4 × 4 a cru bon de ralentir à notre hauteur pour gesticuler son mécontentement.

J'ai baissé ma vitre et lui ai fait signe d'en faire autant. Nous nous sommes retrouvés face à face dans nos habitacles respectifs.

— Que se passe-t-il, monsieur ?

— Vous… Rooooh ! Vous bloquez la route, là !

— Allons, allons, votre grosse voiture est largement passée. Vous savez conduire à votre âge quand même, rassurez-moi. Allez, circulez !

— Non, mais, madame, vous bloquez la circulation et en plus…

— En plus quoi ?

Le bougre a levé les yeux au ciel et a regardé Hervé pour la première fois depuis le début de notre échange.

J'ai repris :

— Votre problème n'en est pas un. Je vais vous dire, votre vrai souci, monsieur, c'est que vous êtes une sacrée tête de con.

Le vieux beau a failli en avaler son cigarillo.

— Maman ! s'est offusqué Hervé, qui m'avait jusqu'alors laissée faire mon cinéma.

— Madame, je ne vous permets pas.

— Gnagnagna, moi pas content, gnagna, moi je grogne sur la vieille dame, gnagnagna, moi j'ai une grosse voiture parce que j'ai un tout petit z…

— … maman ! a hurlé Hervé, à deux doigts du malaise vagal.

Pendant ce temps-là, le gros nigaud ne se préoccupait pas une seule seconde de l'embouteillage qu'il était lui-même en train de provoquer. La file de voitures derrière lui s'impatientait et un concert de klaxons couvrait les noms d'oiseaux que je lui jetais à la figure.

Mon fils était à moitié allongé sur moi, essayant en vain de remonter la vitre. Pauvre Hervé !

Un chauffeur de taxi nous a rejoints pour savoir de quoi il retournait.

— Bon, c'est quoi, ce cirque, là ? Vous n'allez pas passer la journée ici, vous bloquez toute la rue.

— Je sais bien, monsieur. Je n'arrête pas de dire à cet homme de circuler, mais il veut absolument que nous lui indiquions une rue que nous ne connaissons pas. Je suis bien contente que vous soyez arrivé, il commençait à être agressif…

— Je… mais, ça va pas ! Elle dit n'importe quoi la vieille. C'est elle qui m'a traité de con. Vous n'allez pas avaler les conneries de cette antiquité, non ?

J'ai regardé le chauffeur de taxi, l'air un peu perdu, les mains tournées vers le ciel :

— Qu'est-ce que je vous disais.

— Fermez votre fenêtre, madame. Manquerait plus qu'il s'en prenne à vous.

J'ai obtempéré. Le chauffeur de taxi a fait comprendre au conducteur hostile d'un simple geste de l'index qu'il valait mieux qu'il redémarre et qu'il libère le passage fissa.

Hervé était livide, j'entendais presque les battements de son cœur.

— T'es complètement dingue. Il aurait pu s'en prendre à nous physiquement. Mais… mais tu souris, en plus, ou je rêve ? Non, mais j'hallucine, là.

Mon fils, dépité, a appuyé son front sur le volant et nous sommes restés silencieux quelques secondes.

Quand un autre véhicule est passé à côté de nous en klaxonnant, Hervé a tourné la tête vers moi et nous sommes partis dans un de ces fous rires qui vous tordent le ventre et vous libèrent le cœur.

La pluie s'est invitée dans notre étrange après-midi ; j'ai embrassé furtivement mon fils et je suis rentrée toute seule dans la résidence comme une grande fille de quatre-vingt-un ans.

En pénétrant dans le hall, j'ai senti la douce odeur de fleur d'oranger qui règne dans toutes les parties communes du bâtiment. L'espace d'un instant, je me suis demandé si je n'étais pas un peu trop dure avec mes petits. L'espace d'un instant seulement.

Je me serais bien arrêtée boire une tisane dans la salle d'activités, mais je me suis souvenue que j'étais toujours en collant et cul nu sous mon manteau.

J'avais à peine enfilé mes pantoufles et ma robe de chambre qu'on a toqué à ma porte. Hervé ne semblait pas décidé à reprendre la route pour la Drôme.

Il s'est assis à la table et a fait mine de regarder par la fenêtre pendant que je nous préparais une tisane.

— Maman ?

— Her-Vé ! ai-je répondu en détachant bien les syllabes.

— S'il te plaît, arrête de faire le pitre deux secondes et dis-moi la vérité. Depuis quand est-ce que tu te fiches de nous ? Tu n'as jamais perdu la boule en fait.

Je l'ai regardé avec perplexité. Si j'étais démasquée, je ne voulais surtout pas qu'il se rende compte de mon trouble. J'ai attrapé un filtre en papier sur le côté de la machine à café et je l'ai posé à l'envers sur ma tête.

— Mais si ! Regarde, je suis zinzin ! Zinzin ! Ziiiinzin ! Ziiiiiin ziiiiiin, ai-je répondu d'une voix enfantine en faisant de grands pas dans mon tout petit studio.

Hervé a hurlé :

— Stooooooop ! Ça suffit, bon sang !

Il a bondi de sa chaise et m'a agrippée par les bras pour que j'arrête de sautiller partout. J'ai planté mes yeux dans les siens et je crois qu'il n'a pas supporté la provocation, si bien qu'il a fondu en larmes.

J'ai dû me retenir de le consoler, un grand gaillard pareil. Je me suis contentée d'une petite caresse dans les cheveux.

— Tu crois quoi, maman ? Que l'on a fait ça de gaieté de cœur ? Que l'on ne s'est pas battus contre Auguste et Martine pendant des semaines ? J'ai proposé de te prendre chez moi. Ils n'ont pas voulu. Ils n'aiment pas Sybille, ma compagne. Ils pensent que cela ne va pas durer entre nous, encore leur foutue ingérence. Tu les connais mieux que quiconque, c'est toi qui les as élevés, bordel !

J'ai écarquillé les yeux sur le « bordel ». Ce petit salopiot n'avait encore jamais dit de gros mots en ma présence.

— Parle correctement, Hervé, s'il te plaît.

— Non mais, maman, tu te fous de moi, là, non ? Tu t'entends parler depuis quatre mois ? Tu jures comme une fille des rues. Tu nous fiches la honte dès que tu le peux et tout ça pour quoi ? Pour nous faire de la peine, hein ? C'est ça en fait. Je ne voulais pas le voir au début. C'est Rose qui a eu un doute la semaine dernière quand Nicolas nous a raconté ton cirque avec le flic.

— Le policier, s'il te plaît.

— Le flic, le keuf, le condé ! Merde, maman ! Putain, on est à bout, avec Rose et Marie-Ange. Elles m'appellent en larmes chaque fois qu'elles te rendent visite. Elles sont persuadées que tu ne nous aimes plus. Là-dessus, ton crétin d'Auguste qui nous dit que tu es malade, que tu es démente, que c'est normal et que c'est de ton âge. Et la grosse Martine qui en remet une couche. Mais nous, avec les filles, la seule chose qu'on sait, c'est que t'as pas plus d'Alzheimer que de syndrome de La Tourette. Tu veux mon avis ? T'as juste décidé de te rebeller avant de crever.

Hervé a terminé sa tirade, essoufflé comme s'il venait de courir le 100 mètres. Il m'a tirée vers lui et m'a serrée si fort et si longtemps que j'ai entendu une de mes vertèbres supplier qu'on l'achève.

Une fois ses sanglots totalement disparus, il a relâché notre étreinte et il est parti sans un mot en me laissant plantée là debout, toute seule au milieu de la pièce.

J'ai regardé par la fenêtre pour le voir monter dans sa voiture. La pluie venait de cesser, la nuit était en train de tomber.

Mardi 7 janvier, 13 h 30

Les derniers jours n'ont pas été folichons.

Rose m'a bien apporté le téléphone portable tant désiré, mais je dois encore patienter quelques jours avant de récupérer mon répertoire.

Quand la Rose a débarqué avec ses garçons, Paul et Hector, dimanche en fin d'après-midi, elle tirait une de ces trognes. Je suis sûre que ce fourbe d'Hervé est allé tout rapporter à sa petite sœur.

Bref ! Elle m'a expliqué que ma belle-fille ne voulait pas qu'on fiche le bazar dans son garage ; elle préférait être là pour « superviser la fouille des cartons ». Mais quelle plaie, cette Marjolaine ! Il me faut donc attendre jusqu'au week-end prochain que madame soit en congé.

Me voilà avec un téléphone portable et six numéros de téléphone ; ceux de mes cinq enfants et, bien sûr, celui de mon Nicolas.

Un de ces jours, il faudra qu'on explique au reste du monde que ce n'est pas parce qu'on est vieux qu'on est débile. Quand je pense à Martine qui n'arrêtait pas de rabâcher : « Maman sera in-caaa-pa-ble d'utiliser toute seule un téléphone portable. » Tu parles !

Paul, mon petit-fils, m'a bien expliqué et ce n'est pas si compliqué. Enfin, je crois !

Je n'ai pas très bien dormi ces deux dernières nuits. La détresse d'Hervé m'a tout de même affectée. Je suis encore très en colère contre eux, mais ce sont toujours mes petits.

J'ai beaucoup réfléchi depuis quarante-huit heures. Mon fils Hervé a certainement dit vrai. Je ne doute plus de ce qu'il m'a avoué samedi.

Je les imagine très bien tous les cinq, autour d'une table, dégustant un grand cru et discutant de mon avenir. Aucun mal à croire que Marie-Ange, Hervé et Rose se soient opposés pendant plusieurs semaines à Auguste et Martine.

Mais bon sang, il y a bien un moment où ils ont cédé ? Un moment où ils ont signé ce maudit formulaire ?

Ce foutu morceau de papier est le déclencheur de ma vengeance. Il m'obsède.

C'était en octobre dernier, si je me souviens bien. À l'époque, je jouais encore la muette. Cela faisait des semaines que je n'avais pas dégoisé un mot.

Lors d'une visite de courtoisie, le directeur de la résidence, Monsieur Boris, a commis une gaffe en parcourant mon dossier.

— Écoutez, madame Legaud, hum, je comprends très bien que vous soyez sous le choc. Nos pensionnaires ont souvent besoin d'un petit temps d'adaptation en arrivant parmi nous. Cela dit, hum… cela fera bientôt huit semaines que vous êtes parmi nous. Nous nous inquiétons tous beaucoup pour vous. Vos enfants, hum... vous avez cinq enfants si je ne me trompe pas ?

Pour répondre à sa propre question, il a extirpé de son dossier le fameux formulaire.

— Oui, c'est bien cela. Je vois sur votre formulaire d'admission qu'il y a Auguste, hum, Marie-Ange, Martine, hum (Dieu que son raclement de gorge entre les mots me tape sur les nerfs), Hervé et... hum, Rose. Un, deux, trois, quatre et cinq ! Cinq enfants, c'est bien ce que je disais. Donc vos enfants sont très inquiets pour vous. Il faut nous dire quelque chose, madame Legaud.

Évidemment, je n'ai pas ouvert la bouche, mais la nuit qui a suivi je n'ai pas non plus fermé l'œil.

Le lendemain de cette visite, j'ai commencé à leur faire croire que je déraillais.

Je ne parvenais plus à me taire. Mon formulaire d'admission comportait leurs cinq signatures, bon sang ! C'était un sacré coup de massue.

Pendant deux mois, j'avais espéré secrètement et en silence que l'un de mes enfants viendrait me chercher et me dirait combien il était désolé d'avoir dû me faire patienter dans ce petit studio impersonnel. Tu parles !

Alors j'ai craqué. Je ne savais plus garder ma colère. Il n'y avait plus de garde-fou, plus d'espoir d'erreur ou d'une lutte fratricide en cours entre mes enfants. Chacune de ces cinq crevures avait bel et bien apposé sa signature sur le formulaire pour faire interner mémé.

Toute ma vie, j'ai fermé mon clapet, enfoui ma tristesse, mes déceptions et mes ressentiments. Jusqu'alors, j'avais toujours subi sans faire de vagues.

À s'effacer tout le temps pour le bien des siens, on finit parfois par se faire disparaître soi-même. C'était ma façon d'être.

Apprendre qu'ils avaient tous les cinq acté mon placement en maison de retraite, je crois que cela a été la douleur la plus violente que j'aie jamais ressentie. J'ai pourtant eu mon lot de souffrances, enfin, je veux dire, comme tout le monde, la vie n'est pas une sinécure. Mais, bon sang, cette nuit passée à les imaginer discutant de mon avenir sans même prendre la peine de m'inviter à table avec eux m'a sacrément fait déguster.

C'était comme si toute ma vie avait été vaine. Tout mon amour maternel me revenait en plein visage et me faisait suffoquer.

Après cette horrible nuit, je ne pouvais plus rester silencieuse, mais je ne pouvais pas non plus leur faire part de ma colère. Je ne savais pas être en colère. En tout cas pas à voix haute.

Arrête de te lamenter, Jeanne, reviens plutôt à tes moutons.

Quand Rose m'a apporté le téléphone dimanche, j'étais à deux doigts de la serrer dans mes bras pour la remercier. Je me suis vite ravisée. Syndrome de Stockholm, tu ne m'auras pas ! Après tout, si ces salauds m'avaient laissée chez moi, je n'aurais pas eu besoin d'un portable, n'est-ce pas ? Jusqu'ici, j'avais le même numéro de téléphone depuis cinquante ans. Je ne vais pas en plus les remercier.

La bougresse a failli m'avoir. Je reste persuadée qu'elle est au courant de ce qui s'est joué entre Hervé et moi samedi après-midi. Quelque chose a changé dans sa façon de me parler. Mais comme à son habitude, ma fille s'est bien gardée d'évoquer frontalement le sujet avec moi.

Elle m'avait acheté un petit nécessaire à couture et avait soi-disant besoin urgemment d'un ourlet. Mon œil, oui ! Elle voulait surtout vérifier si j'avais encore quelque habileté manuelle. Je suis sûre que ces fourbes me testent en ce moment. Ils ont des doutes… et pour cause !

J'ai d'abord refusé de coudre en prétextant qu'il me fallait impérativement mes lunettes pour effectuer un tel ouvrage. Rose est restée perplexe. C'est que je n'ai jamais eu besoin de lunettes et que ma vue est excellente pour mon âge.

Puis ma fille a précisé que l'ourlet était pour le kimono d'Hector, son dernier, alors je me suis appliquée et, sans me vanter, on peut dire que je n'ai pas perdu la main.

— Faudrait quand même que je fasse contrôler ma vue.

— Je te prendrai un rendez-vous dans le quartier mais, à mon avis, ce ne sera pas avant six mois. C'est toujours complet pendant des lustres, les ophtalmos.

— Va savoir où je serai dans six mois !

Rose s'est offusquée :

— Maman, ne dis pas des choses pareilles !

Je me suis retenue de lui répondre que je ne pensais pas à manger les pissenlits par la racine, mais à fiche le camp d'ici.

Ce petit ourlet m'a requinquée. Pendant dix minutes, je me suis sentie à nouveau utile pour mes enfants.

J'ai attendu que mes petits-enfants descendent jouer au football dans le jardin de la résidence et j'ai tendu une perche à ma fille :

— Les autres, d'accord ! Mais toi ?

— Moi quoi, maman ?

— Toi ? Tu as laissé faire comme ton frère et ta sœur.

— Mais qu'est-ce que tu racontes ?

— Tu as laissé Auguste et Martine m'arracher à ma vie et me cloîtrer ici.

— Nous y voilà !

— Je l'emporterai dans ma tombe cette trahison, Rose.

Pour toute réponse, ma fille m'a dit qu'il était tard et qu'elle devait partir avant les embouteillages du dimanche soir. Elle a rassemblé ses affaires et celles des garçons, a déposé un baiser sur mon front et a claqué la porte. Je suis restée assise dans mon fauteuil, bouche bée.

Deux minutes plus tard, mon cœur a fait un bond dans ma poitrine. C'était la toute nouvelle sonnerie de mon tout nouveau téléphone portable.

D'un ton calme et monocorde, Rose a déballé :

— Tu croiras ce que tu voudras, maman, et surtout qui tu voudras, mais Hervé, Marie-Ange et moi, on n'a jamais voulu cela. Hervé voulait te prendre chez lui, ils ont dit que cela faisait trop loin, la Drôme. Alors Marie-Ange a proposé de s'installer chez toi, ils ont dit que ce serait compliqué de la faire déménager pour vendre l'appartement quand tu nous quitteras. Et moi ? Moi, maman, j'ai demandé trois mois, le temps de vendre notre appartement, que mon divorce soit prononcé et que l'on emménage dans la nouvelle maison avec les enfants. Je voulais que tu aies ta propre chambre chez nous. On a tout fait pour gagner du temps, mais Auguste, Marjolaine et Martine ne voulaient rien savoir. Ils avaient pris leur décision, on ne pouvait plus rien faire. Je te jure, maman, on s'est battus pour qu'ils ne te placent pas. D'autant qu'avant ça tu te débrouillais très bien toute seule chez toi. On n'a rien pu faire, maman.

Silence.

— Fallait pas signer le formulaire.

— Quel formulaire ?

— Allez, moque-toi de moi.

— Je ne sais pas de quoi tu parles. Mais je te jure que je n'ai jamais rien signé.

— C'est ça. Bonne soirée, ma très chère fille.

Heureusement que Paul m'avait bien expliqué comment faire, parce que ce n'est pas de la tarte de raccrocher au nez de quelqu'un sur un portable. *Bip bip.* Au revoir, traîtresse.

Mercredi 15 janvier, 21 h 45

Les jours passent lentement et je me sens de plus en plus coincée dans ma vengeance… étriquée dans ma colère.

Je suis peut-être trop dure avec mes enfants. Mais enfin, qu'est-ce que cela veut dire tout ce cirque ? J'aurais élevé une fratrie de deux tyrans et trois valets ? Moi qui craignais d'avoir engendré cinq sales gosses. Je suis servie !

Martine a toujours été une cheftaine. C'est de notoriété publique. Toute petite déjà, elle menait son monde par le bout du nez. C'est la quatrième de mes enfants, mais nous l'avons élevée comme une petite dernière.

C'est que Rose est arrivée presque dix ans après les autres, un peu par accident, pour être honnête.

Auguste, lui, son besoin de contrôle est venu sur le tard, avec le travail, l'argent, le pouvoir. Ça lui a tourné la tête, tout ça.

Si mes trois nigauds se sont réellement battus avec mes deux dictateurs, je ne peux pas continuer à les traiter de la sorte. Mais si je leur accorde un traitement de faveur, alors Auguste et Martine ne croiront plus aux foudres de ma démence imaginaire. Je suis coincée.

Et puis que se passerait-il s'ils faisaient bloc et me tournaient tous le dos ?

Finalement, ce supposé Alzheimer me rend bien service. Mais bon, cela pourrait se révéler être une pente glissante, également.

C'est que, ce qui est arrivé à Albert m'a un peu refroidie. Le vieux commençait sérieusement à perdre la boule. Alors ils l'ont envoyé faire un scanner avec une nouvelle machine très moderne. On ne l'a plus jamais revu. Ils ont donné sa chambre à un charmant monsieur anglais du jour au lendemain.

Le directeur ne nous a fourni aucune explication. Je doute sérieusement qu'il soit rentré chez lui.

Et s'ils me collaient dans une maison de retraite pour les personnes qui ont vraiment Alzheimer ?

Parce qu'il n'y a pas à dire, je suis quand même assez tranquille ici.

Ce n'est pas chez moi, mais ça pourrait être pire. C'est coquet et les autres résidents sont plutôt fréquentables.

Je vais bien finir par me faire une raison.

Non, non et non ! Je raconte n'importe quoi.

Toute ma vie, je me suis fait une raison. Ma vie n'est qu'une longue suite de raisons. C'en est trop !

Je vais leur fiche le nez dans leur crotte.

Ma décision est prise, je pars en expédition.

Jeudi 23 janvier, 13 h 15

Cela fait plusieurs jours déjà que je fais des repérages.

J'ai prétexté un problème de nuisances sonores pour passer un peu de temps dans le bureau du directeur.

Monsieur Boris ne comprend pas d'où peut venir le bruit que j'entends depuis ma salle de bains tous les matins vers 10 h 15. De mon imagination, bougre d'âne !

Depuis une semaine, je passe un temps fou dans son bureau à lui décrire un bruit fictif. Heureusement, c'est un homme très sollicité et je peux toujours compter sur son téléphone pour nous interrompre.

Pendant qu'il explique d'un ton résigné à ses interlocuteurs qu'il sait bien qu'il n'y a pas assez de places dans les établissements pour personnes âgées et que oui, c'est un immense problème et que oui, le gouvernement n'en prend pas assez la mesure, mais que non, il ne voit vraiment pas de solution pour le moment et que non, malheureusement, même sa liste d'attente est longue comme le bras ; pendant ses interminables conversations, moi j'en profite pour scruter chaque détail de son bureau. C'est que je dois absolument localiser mon dossier d'admission.

Hier, je suis descendue me plaindre du « bruit » pour la quatrième fois et, enfin, j'ai compris son système de rangement ; nos dossiers sont classés dans sa grande étagère murale, d'après nos numéros de chambre.

— Encore le bruit bizarre, madame Legaud ?

— M'en parlez pas. Vous auriez entendu le raffut ce matin. Je commence même à craindre que quelque chose sorte du siphon de la baignoire.

— Hum... quelque chose ?

— Un rat ou... non, plutôt un crocodile ! On croirait entendre comme un animal qui gratte sous la baignoire... avec des petites pattes... mais des grandes griffes acérées, ai-je improvisé en repensant au documentaire animalier qu'ils nous avaient diffusé en salle vidéo la veille.

— Étrange, en effet.

— Je ne voudrais pas abuser de votre gentillesse, mais est-ce que vous pourriez monter voir de quoi il retourne, s'il vous plaît ?

— Oui, bien sûr, hum, si cela peut vous rassurer. Je monterai demain matin à, hum, 10 h 15. Rendez-vous dans votre salle de bains alors ?

J'ai souri à sa boutade, avant d'ajouter :

— Ah mince ! Demain, il y a un atelier mémoire, n'est-ce pas ? C'est à 10 heures, il me semble.

— Ne vous inquiétez pas, madame Legaud. Nous avons un double des clés de chacun de nos résidents locataires. Hum. Vous pouvez assister à votre atelier. C'est important de travailler sa mémoire. Avec le gardien, nous nous chargeons de localiser le crocodile. Ha ha ha, hum.

Cette fois-ci, il m'a bien fallu rire à sa plaisanterie.

Ce matin, je suis donc descendue à 9 h 45 pour assister à l'atelier : « Travailler sa mémoire avec les chansons de sa jeunesse ».

Tout un programme !

Juste avant que nous commencions à chanter, je me suis excusée auprès de l'animatrice, une envie pressante, et je me suis faufilée sur la pointe des pieds hors du salon des résidents.

Il était 10 h 05, j'avais un peu d'avance. Je me suis cachée dans la cage d'escalier. Vous pensez bien que dans une résidence de vieux, nous ne sommes pas très nombreux à monter à pied, quitte à attendre l'ascenseur pendant des lustres, moi la première.

À 10 h 10, j'ai entendu la grosse voix gutturale de Sylvain, le gardien, lancer un bonjour amical au facteur.

Nous étions tous parfaitement à l'heure.

Tous les matins, à 10 h 10 tapantes, le facteur pénètre dans la résidence.

Tous les matins, Hélène, la secrétaire de Monsieur Boris, lui offre un petit café bien serré avec « rien qu'un demi-sucre ».

Tous les matins entre 10 h 11 et 10 h 20, ils le boivent ensemble sur le trottoir devant le bâtiment et fument une cigarette en papotant.

La fenêtre de tir était petite, mais suffisante.

Mon cœur battait la chamade comme il ne l'avait plus fait depuis bien longtemps.

Allez, Jeannette, un peu de cran, ce n'est pas le moment de se dégonfler.

Le couloir était désert, le bureau grand ouvert.

J'avais préalablement repéré un petit tabouret qu'Hélène utilisait pour accéder aux dossiers de l'étagère supérieure. Mais la garce avait dû le déplacer, il n'était pas au coin du meuble comme d'habitude. J'ai attrapé une pile de classeurs sur le bureau de Monsieur Boris et je l'ai fichue au sol en guise de marchepied. Il n'y avait pas une minute à perdre. Telle une acrobate octogénaire inconsciente, je me suis hissée sur la pointe des pieds pour attraper le dossier n° 22.

— Bon sang, mais qu'est-ce que vous faites là, Jeanne ?

Mais d'où est-ce qu'il sortait, lui ? Rien à fiche, rien ni personne n'aurait pu m'arrêter. J'étais à deux doigts, au sens propre du terme, de mettre la main sur mon dossier.

— De quoi je me mêle ? Et vous ? Qu'est-ce que vous faites ici ? Je pourrais vous retourner la question.

— Moi ? J'attends le facteur, il doit avoir un paquet pour moi, enfin si tout va bien. Mon fils...

— Ça va, ça va. On se racontera nos vies tout à l'heure. Ce n'est pas le moment, là.

Au lieu de maugréer contre le pauvre Léon, j'aurais mieux fait de regarder où je mettais les pieds.

Et vlan ! Les dossiers de l'étagère supérieure ont volé en l'air en même temps que moi. Ça m'apprendra à être méchante.

Léon s'est précipité à mon secours, mais j'étais trop sonnée pour me relever. Surtout, la peur me sciait les jambes.

Mon nouvel ami a glissé son bras derrière mon dos et m'a demandé d'une voix douce si je l'autorisais à me prendre par la taille. Je n'étais pas vraiment en mesure de refuser son aide. J'ai acquiescé et, avec une force insoupçonnable, le bonhomme m'a soulevée et a glissé un tabouret sous mes fesses endolories.

Léon était incroyablement robuste pour son âge, et apparemment bien plus rapide que moi pour localiser les tabourets.

— Rohlala, Léon, vous vous appelez bien Léon, n'est-ce pas ? Je suis confuse. Je vous ai agressé alors que vous êtes tellement gentil. Pardonnez-moi.

— Ne vous en faites pas pour ça, Jeanne. Sortons d'ici.

— Mais, je... mon dossier d'admission. Je dois absolument y avoir accès... Je dois vérifier quelque chose. Cela m'obsède... au point d'en oublier mon âge et de me mettre en danger.

— Et d'entrer par effraction dans un bureau, a-t-il ajouté en souriant.

— Techniquement, il n'y a pas eu effraction, la porte était grande ouverte.

— Pas faux !

— Roooh, j'ai honte.

— Mais non, mais non. Est-ce que vous avez mal quelque part ?

— Je ne crois pas. Plus de peur que de mal, comme on dit. Vous devez me prendre pour une folle ?

— Eh bien, c'est vrai que... votre comportement des derniers mois nous étonne un peu.

— VOUS étonne ?

— Oui. Moi, Lucienne et les gars.

— Les gars ? Et Lucienne, c'est la jolie dame rousse ?

— Oui, nous sommes une petite bande. On rigole bien, vous savez.

Je n'en revenais pas, il y avait des gens heureux ici, heureux d'être ici ! Des gens qui constituaient des « bandes » comme à l'école.

En y repensant, c'est vrai qu'au restaurant la table du fond était toujours occupée par les mêmes résidents. On entendait souvent des rires et ils n'étaient pas les derniers à lever leur verre quand on fêtait un anniversaire.

J'avais perdu la notion du temps et je divaguais un peu. Le *bip* de l'ouverture de la porte de la résidence m'a ramenée à la raison. Hélène et le facteur seraient dans le bureau d'une minute à l'autre.

Les petits talons de la secrétaire remontaient le couloir d'un pas allègre et la voix charmeuse du facteur se rapprochait dangereusement.

En apercevant l'ombre d'Hélène, j'ai compris que nous étions coincés et, dans un geste désespéré, j'ai attrapé Léon par les épaules et je l'ai embrassé à pleine bouche.

— Mais, mais enfin, madame Legaud ? Monsieur Lancker ? Qu'est-ce que vous fabriquez ici ? s'est offusquée Hélène, déjà accroupie pour ramasser les dossiers éparpillés sur le sol.

Silence. J'étais terriblement gênée.

Le facteur a éclaté de rire avant de disparaître dans le couloir en se tenant les côtes.

Heureusement, Léon est venu à mon secours :

— Ce n'est pas la faute de Jeanne. C'est… c'est moi qui ai eu cette mauvaise idée. Je ne savais pas où lui donner rendez-vous. Vous savez bien que Lucienne me tient toujours à l'œil. Elle est terriblement possessive.

— D'après ce que je vois, elle a raison de l'être, a renchéri Hélène.

Si je comprenais bien ce qui venait de se dire : Léon fréquentait Lucienne et la secrétaire était au courant. Mais où avais-je la tête ces cinq derniers mois ?

C'est le moment qu'ont choisi Monsieur Boris et Sylvain, le gardien, pour revenir de chez moi.

— Mais, hum, qu'est-ce que c'est que ce bazar ?

— Figure-toi, Boris, que je viens d'interrompre… comment dire cela convenablement ? des ébats… euh… eh bien, en fait, il suffit de regarder l'état de ton bureau pour comprendre.

J'avais la blouse de travers et le collant filé à cause de ma chute. Effectivement, la situation prêtait à confusion.

— Des bêtes de sexe ! a lâché le facteur qui avait encore les larmes aux yeux d'avoir tant ri.

— Allez, allez, remontez chez vous tous les deux. Et chacun chez soi, hein ! a ordonné Monsieur Boris.

Léon et moi sommes sortis du bureau la tête dans les épaules sans dire un mot.

Le facteur nous a rattrapés, au milieu du couloir, un sourire aux lèvres et le colis qu'attendait Léon à la main. J'ai sauté sur l'occasion pour me carapater.

— Je ne vous attends pas, Léon, je dois passer un coup de fil urgent.

— Bien sûr, je vous en prie, Jeanne. Bonne journée.

Une fois dans ma chambre, je me suis affalée sur le lit. Quelle matinée !

Toc, toc, toc, j'ai tendu l'oreille. Quelqu'un était derrière la porte.

Roooh ! Cela ne pouvait être que Léon qui venait demander son reste. Mon Dieu, comment me sortir de cette impasse ? J'ai fermé puis rouvert les yeux à trois reprises pour m'assurer qu'il ne s'agissait pas d'un cauchemar. Surtout ne bouge pas, Jeannette, ne fait pas de bruit, il finira bien par partir.

— Jeanne, ouvrez, c'est moi, Léon.

Le bougre allait rameuter tout le couloir, je n'avais pas le choix. Il me fallait faire face et lui expliquer que je n'étais pas intéressée.

J'ai entrebâillé la porte et chuchoté :

— Léon, écoutez, ce n'était pas une très bonne idée, j'en conviens. Je ne vous ai embrassé que pour nous sortir de ce mauvais pas. J'ai vraiment eu peur que nous soyons renvoyés s'ils nous piquaient en train de fouiller dans les dossiers… alors… je… j'ai fait n'importe quoi, sans réfléchir. Je vous prie sincèrement de m'excuser.

— J'avais bien compris, Jeanne (sourire tendre suivi d'un petit gloussement). Oh ! Vous pensiez que je venais pour poursuivre ce que nous, enfin… ce que VOUS avez commencé tout à l'heure ? Rassurez-vous, avec tout le respect que je vous dois, vous n'êtes pas mon type. Vous êtes une très belle dame, hein, mais moi, j'aime les rousses. Mais ça, vous le savez déjà. Et la Lucienne, je l'ai dans la peau.

— Mais alors que faites-vous là ?

— Avec les copains, on vous a toujours trouvée sympathique et…

— Merci.

— Même si on ne comprend pas toujours pourquoi vous vous mettez à débloquer d'une minute à l'autre.

— C'est pas vraiment que je débloque, disons que…

— Vous savez, ma Lucienne, depuis le début, elle dit que c'est du cinoche. Elle pense que vous faites la folle pour faire les pieds à vos gamins.

J'ai acquiescé du menton, je n'en menais pas bien large. J'ai senti doucereusement monter en moi toute la tristesse et l'amertume enfouies depuis des semaines.

— Elle a du flair, ma Lulu !

— On peut dire ça, ai-je murmuré en retenant mes larmes, ma culpabilité et une légère honte.

— Dites, si ça vous dit, vous pourriez vous joindre à nous demain.

En disant cela, il a entrouvert le colis qu'il attendait avec tant d'impatience.

— Regardez, c'est mon tour. Ce mois-ci, c'est moi qui régale. Chaque avant-dernier vendredi du mois, on se réunit avec les copains et on joue aux cartes en buvant de bonnes bouteilles. Voilà deux rhums arrangés, envoyés par mon fils directement de la Guadeloupe. Vous m'en direz des nouvelles.

— Je… euh… je ne suis pas sûre de vouloir prendre ce risque.

— De quoi avez-vous peur ? Qu'on se fasse pincer ? La plupart des membres de l'équipe sont au courant. Tant que l'on ne fait pas trop de grabuge, ils nous laissent tranquilles.

Léon s'est approché un peu plus près et, d'un air suppliant, a ajouté :

— Allez, faites-moi plaisir. Lucienne a besoin d'une copine. Je sens qu'elle commence à en avoir marre d'être entourée de bonshommes.

— C'est d'accord, me suis-je entendue répondre.

J'allais me raviser quand Léon m'a demandé pourquoi je tenais tant à récupérer mon dossier. J'ai trouvé la question indiscrète, mais notre complicité naissante m'a convaincue de lui répondre :

— Je veux prouver à mes enfants qu'ils sont tous les cinq de sales ingrats. Trois d'entre eux jurent leurs grands dieux qu'ils n'ont pas signé pour mon admission ici. Je sais qu'ils mentent et je compte bien le leur prouver. Je veux leur fiche le formulaire sous le nez.

Nous sommes restés silencieux quelques secondes et j'ai repris :

— Je n'ai qu'une seule certitude, vous savez, c'est que dans la vie, tout se sait un jour, tôt ou tard.

— Ah, ça, je ne vous le fais pas dire ! Vous savez ce que disait Benjamin Franklin à propos des secrets ? « Trois personnes peuvent garder un secret, si deux d'entre elles sont mortes. »

— Voyez, Léon, l'année dernière Monsieur Boris a fait une gaffe. Il ne se rappelait pas combien j'avais d'enfants alors il a compté les signatures dans mon dossier d'admission. Il a fait ça devant moi sans penser à mal. Il y avait visiblement cinq signatures. Ils m'ont tellement déçue. Mes enfants sont des lâches doublés de menteurs.

Léon a semblé embarrassé par mes mots. Il a fait une petite grimace et j'ai compris à quel type d'homme j'avais affaire, un vrai gentil, un de ceux qui se plient en quatre sans rien demander, juste pour rendre service.

Il a alors soulevé son pull et fait apparaître l'objet de tous mes désirs.

En me remettant mon dossier d'admission, mon nouvel ami m'a souri à pleines dents.

— Vous m'avez l'air déterminée, Jeanne. Vous voulez que je reste avec vous pour fouiller dans ce fichu dossier de malheur ?

— Non, merci beaucoup, Léon. Vous êtes un chic type. Vous en avez déjà tellement fait. Je ne saurai jamais comment vous remercier.

— Venez demain soir et nous serons quittes. Vous savez jouer au rami, j'espère ?

— J'y ai joué il y a très longtemps. Léon, promettez-moi de ne jamais raconter à personne, et encore moins à Lucienne que je vous ai sauté dessus dans le bureau de Monsieur Boris.

— Impossible ! a-t-il claironné en s'éloignant.

— Je vous en prie.

— Impossible, je vous dis. On n'a plus tellement l'occasion de se marrer à nos âges et, avec cette histoire, on va faire rigoler les copains pendant des semaines, j'en suis certain. À demain, Jeanne !

Vendredi 24 janvier, 15 h 45

Ce matin, je me suis levée très tôt. Le chantier qui m'attendait était de taille : opération ravalement de façade.

J'ai commencé par un petit tour chez Betty, la coiffeuse de la résidence. Elle improvise, chaque vendredi, un salon de fortune et reçoit les résidents dans une ambiance chaleureuse dont elle a le secret.

Pour la première fois, j'ai accepté qu'elle me fasse un shampoing silver et je dois dire que je ne le regrette pas.

— Vous voyez ? Qu'est-ce que je vous disais ? Faut toujours écouter Betty. Moi, je suis pas là pour les sous, vous savez. Quand je vous dis que ça va vous changer de tête, je sais de quoi je parle. Vous êtes superbe, Jeanne. C'est pas que vous n'étiez pas jolie avant, hein ? ne me faites pas dire ce que je n'ai pas dit, mais moi, je suis sensible au reflet et je vous jure qu'il y avait quelques cheveux blancs qui viraient au jaune pipi. Là, c'est magnifique, lumineux et tout. Mais dites donc, pendant que j'y pense, vous n'auriez pas un petit amoureux par ici ? C'est bien la première fois que je vous vois aussi coquette. Vous êtes ravissante, vraiment.

Betty parle tant, et sans discontinuer, que j'ai eu le temps de remplir mon chèque et de rassembler mes affaires pendant son monologue. J'ai répondu à son allusion par un sourire timide et je me suis empressée de remonter chez moi. J'avais grand besoin d'un moment de silence loin des cancans des résidentes et des sèche-cheveux.

À peine arrivée, je me suis lancée dans l'opération débroussaillage. En vieillissant, on perd les poils qui garnissent le sourcil, mais pas ceux qui poussent à côté. C'est quand même mal fichu, le corps humain, non ?

Pour finir, j'ai taillé, limé, poli et enfin verni mes ongles d'un joli rose poudré.

À 10 h 45, j'ai éteint la radio, calé quelques coussins derrière ma nuque pour ne pas abîmer ma mise en plis et je me suis assoupie une bonne heure.

Je me suis réveillée en sursaut parce que quelqu'un toquait à la porte.

— Bonjour, Jeanne.

— Oh, euh… Bonjour, Lucienne.

— Je suis désolée de passer à l'improviste, mais je ne suis pas du genre à m'annoncer. Est-ce que je vous dérange ?

— Euh, eh bien non. Je… J'étais en train de faire une petite sieste. Vous… vous voulez entrer ?

— Avec plaisir, a répondu Lucienne en pénétrant dans mon petit studio. C'est agréable toute cette lumière naturelle chez vous. Léon aussi, il est côté rue. C'est très ensoleillé. Mais chez vous, au quatrième étage, c'est carrément une cabine à UV. J'adore !

— Vous êtes côté cour ?

— Non, moi, je suis dans un traversant. Ma studette est tout en longueur. C'est plus étroit, du coup, il y a moins de lumière.

— Je, pardon… vous voulez boire quelque chose ? Asseyez-vous, je vous en prie, et vous pouvez déposer vos sacs sur le passe-plat dans le coin cuisine, si vous voulez.

Lucienne semblait chercher quelque chose du regard dans ma kitchenette.

— Vous n'avez rien prévu pour déjeuner ?

— Non, je pensais descendre au restaurant. Je n'ai pas fait de courses ces jours-ci. Mais il est déjà midi moins dix et…

— Et vous n'êtes pas inscrite, j'ai vérifié.

— Vous avez vérifié ? ai-je demandé, amusée.

— Oui, j'ai interrogé Monsieur Boris. Il m'a dit que vous réserviez souvent en dernière minute, mais que, ce matin, vous ne vous étiez pas encore manifestée.

— En effet. Je pensais réchauffer mes restes d'hier soir, mais… cela ne me fait pas envie finalement, alors…

Là-dessus, Lucienne a bondi sur ses jambes et s'est empressée d'ouvrir les sacs en plastique qu'elle avait gardés sur la table devant elle :

— Libanais ? Cela vous dit ?

— Alors ça ! Je n'en reviens pas ! c'est une de mes cuisines préférées. J'ai même suivi des stages avec un chef libanais avant… avant d'être mise ici.

— Mise ici ? Ah ! C'est bien ce que m'a raconté Léon. Vous ne vous y faites pas du tout, à la résidence ?

Tout en posant sa question, elle s'est rendue dans ma cuisine. Et comme si elle venait déjeuner depuis des années, elle a réuni les couverts dont nous avions besoin.

— C'est pas que je ne m'y fasse pas, c'est… Roooh, si ! Vous avez raison, je n'arrive vraiment pas à m'y faire.

Lucienne est restée silencieuse quelques minutes, le temps de mettre la table. Une table de fête, elle avait trouvé mes verres en cristal de Baccarat dans le vaisselier.

— C'est encore chaud. J'ai tout pris chez le fils de Paddy. Il tient le restaurant libanais de la rue Bossuet. Il a ouvert il y a deux ans, un vrai succès, il est complet pour les trois prochains mois.

— Paddy ?

— Ah, pardon. Je pensais que vous vous connaissiez. En tout cas, lui vous connaît. Rohlala, je ne peux pas m'empêcher de commérer. Bon, euh… Paddy, c'est le gentleman anglais qui a emménagé après le… le… départ d'Albert. Je suis sûre que vous voyez de qui je veux parler, il vous dévore des yeux.

Si seulement après la sieste j'avais pensé à remettre mon plaid sur le fauteuil, j'aurais pu me cacher dessous pour rougir tranquillement. Malheureusement, la couverture était restée au pied de mon lit dans l'alcôve, je devais donc faire face.

— Oh, vous exagérez, j'en suis certaine.

— Ah, c'est tout moi, ça. Appelez-moi Lucienne la gaffeuse ! Votre vernis est sublime.

— Merci. Ce n'est rien. Je vois de qui il s'agit. Je ne connaissais simplement pas son nom. Il est charmant, en effet, mais ces choses-là ne sont plus de mon âge.

— Bah, n'importe quoi ! Et pourquoi cela ne serait plus de notre âge ? s'est offusquée Lucienne, la bouche pleine d'un cigare au fromage.

— Je, je suis désolée. Je suis au courant pour Léon et vous. J'admire votre foi en la vie, mais pour moi, c'est fini, tout ça.

— Ah là là, Jeanne. Je crois que vous allez être un défi pour moi.

— Moi ? Un défi de quoi ?

— Je vais vous redonner foi en la vie, comme vous dites !

Là, c'est moi qui ai répondu la bouche pleine, ce qui ne m'était encore jamais arrivé de toute ma vie. Un fou rire me démangeait. Pouvait-elle être sérieuse ?

— Mais quel âge avez-vous, Lucienne ? Nous sommes de vieux machins. Que pouvons-nous encore attendre de la vie ?

— Justement. Nous n'avons plus de temps à perdre avec les plaintes, les regrets, les hésitations. À nos âges, nous sommes libérées de toutes les contraintes qui pourrissent la vie des hommes, qui ont pourri nos propres vies pendant quatre-vingts ans. C'est ce qui nous lie avec les copains.

Tout en parlant, Lucienne s'est levée, a ouvert la fenêtre et hurlé à l'intention des passants :

— Nous aimons, nous rions, nous buvons, nous n'avons plus peur du qu'en-dira-t-on, plus peur de riiiieeeeen ! Woooooh !

J'ai ri nerveusement. Cette femme était libre, drôle, sans filtre. Sa présence chez moi depuis vingt minutes me faisait un bien fou.

Nous avons terminé notre déjeuner en nous racontant nos vies.

Lucienne m'a décrit son travail de chercheuse en psychologie. Nous nous sommes même rendu compte qu'elle connaissait mon défunt époux. Elle l'avait interrogé à deux reprises pour des études menées au sein du service psychiatrique qu'il dirigeait. Je lui ai dit comme j'avais maudit cette clinique qui m'avait volé mon mari quatre-vingts heures par semaine pendant quarante ans. Cela l'a fait rire. Elle en a profité pour justifier le fait de ne s'être jamais mariée, « la passion du métier ».

Entre les lignes, Lucienne m'a dit n'avoir pas eu d'enfants. Toujours entre les lignes, elle m'a dit avoir été déportée alors qu'elle n'en était qu'aux prémices de sa puberté. J'ai cru deviner ce qu'elle ne disait pas à voix haute. Il me semble qu'elle a mentionné Drancy et Auschwitz, mais je n'en suis pas certaine. Elle n'a rien ajouté sur cette période terrible de sa vie et je n'ai bien sûr pas insisté sur nos jeunesses.

Je lui ai quand même demandé qui étaient tous ces gens qui lui rendaient visite. Un vrai défilé. Il s'agit pour l'essentiel de ses anciens collègues, ses étudiants, surtout ceux dont elle a dirigé les thèses.

À défaut d'une vie familiale, Lucienne semble avoir eu une vie affective et professionnelle bien remplie.

J'ai raconté mon mariage bien sage, mes cinq enfants, nos amis, nos voyages, mes petits-enfants, puis les arrière…

Ce déballage m'a rendue triste et Lucienne, en fine observatrice, s'en est aperçue.

Comme un triste bilan, je me rendais compte que j'avais passé toute ma vie dans mon cocon familial ; n'en sortant que pour rejoindre notre cercle amical dans les mêmes milieux, les mêmes quartiers, les mêmes lieux de villégiature.

— Je me sens tellement bête parfois. Je veux dire… regardez les études que vous avez faites, tous ces gens que vous avez aidés grâce à vos recherches. Je me fais l'effet d'une poule dans sa basse-cour… Une poule… quoique j'aie plutôt été une dinde toutes ces années.

Cela nous a fait rire, et même glousser.

— Jeanne, jolie petite poulette, j'ai observé pendant des semaines ce que vous avez fait subir à vos enfants. Je vais vous dire une chose, ne laissez jamais personne vous dire que vous n'êtes pas intelligente. Votre vengeance couverte par la simulation d'une démence sénile, c'était tout simplement magnifique ! Quand j'ai compris votre petit jeu, j'étais excitée comme une puce. Vous ne pouvez pas imaginer. J'en ai parlé à la bande, ils ont dit que je faisais ma psy. Mais j'avais raison. Plus j'entendais d'histoires sur vos frasques et plus j'avais envie de vous connaître, de devenir votre amie. Vous êtes brillante, Jeanne, croyez-moi.

— Je me trouve plutôt lâche et honteuse d'être dévorée par la colère et à la fois incapable de le formuler ouvertement à ma famille.

— Vous avez fait ce que vous aviez à faire, Jeanne. Bon sang, mais il est déjà 13 h 30. Je dois filer voir Betty pour un brushing Sue Ellen. Léon adore quand je suis coiffée comme elle. Jeanne, dites-moi que vous vous joindrez à nous ce soir ?

— Pour sûr, Lucienne !

Je crois que j'ai une nouvelle amie.

Samedi 25 janvier, 21 h 30

Bon sang, j'ai un de ces mal de crâne depuis ce matin. Mon pauvre cerveau danse le tango et pourrait bien faire une mauvaise chute pendant que j'écris ces lignes.

Hier soir, je suis donc descendue chez Léon à 20 heures, comme me l'avait précisé Lucienne. Ma nouvelle copine était déjà là, en train d'installer sa deuxième table festive de la journée.

— Léon est descendu chercher des citrons verts au restaurant du fils de Paddy. Tu es la première. À propos, cela te dérange si on se tutoie ?

— Eh bien… non. C'est que je n'ai pas l'habitude. Mais je vous, ha, je t'en prie.

— Bien alors, puis-je te demander de l'aide pour accrocher les palmiers gonflables, s'il TE plaît ?

— Nous nous réunissons toujours en grande pompe comme cela ?

— J'adore t'entendre dire « nous ». Tu te sens déjà des nôtres, cela me comble de plaisir.

— Je ne sais pas pourquoi j'ai dit cela. Excuse-moi.

— Est-ce que tu t'excuses tout le temps comme ça ?

— Euh, pardon, je suis désolée, je ne le fais pas exprès.

— Est-ce que tu as de la monnaie sur toi ?

— Je ne savais pas que je devais prendre de l'argent, je peux remonter chez moi en chercher.

— Non, non, ça ira. Disons que je vais te faire crédit. Chaque fois que tu t'excuseras sans raison ce soir, tu me devras un euro. Je vais noter tout cela sur ce petit bout de papier et je pense que je vais faire fortune.

Nous avons installé le délicieux buffet créole et la décoration prévue par Lucienne pour l'occasion.

Pendant que nous papotions, je me suis souvenue de ce que m'avait dit Léon la veille. Lucienne avait en effet grand besoin d'une présence féminine. C'était parfait, car moi aussi je me languissais de mes amies.

Léon est enfin arrivé, accompagné de ses trois compères.

— La bande est au complet, a-t-il lancé.

J'ai eu droit à un joyeux « bonjour, Jeanne » à l'unisson.

— Bonjour. Je suis désolée, mais je ne connais pas encore vos prénoms à tous.

— Et un euro !

— Ce « désolé »-là est une formule de politesse, me suis-je rebellée.

— Non, c'est tout un état d'esprit, Jeanne. Ne sois pas désolée de ne pas connaître les prénoms de personnes que tu ne fréquentes pas encore. C'est normal donc pas besoin d'excuses. Présentez-vous, messieurs ! les a sommés Lucienne.

— Bon sang, ne me dis pas que tu as remis ça avec ta tirelire de tics ?

— Eh si ! Parfaitement, mon Loulou ! a répondu fièrement Lucienne.

Paddy a demandé quel était mon « tic-à-ôter ».

Cette tirelire imaginaire était donc une méthode de Lucienne, visiblement déjà expérimentée sur sa bande d'amis.

— Jeanne est du genre à s'excuser pour un oui pour un non. Qui s'excuse s'accuse, comme disait l'autre. Mais tu as des péchés à expier peut-être ? m'a-t-elle demandé.

Je découvrais une autre Lucienne. Je n'étais pas sûre d'apprécier cette mise au pilori. Je crois que Paddy a remarqué mon trouble. Il a volé à mon secours :

— Au lieu de casser les pieds à Jane, tu ferais mieux de t'occuper du tic de gorge de Monsieur Boris. Hum, vous voyez de quoi je parle, hum ?

Nous avons tous ri de bon cœur et Léon en a profité pour servir les premiers verres de ti'punch.

Loulou, Joseph et Léon semblaient comme des poissons dans l'eau. Paddy, pour sa part, était un peu plus agité.

Lucienne et ses sous-entendus à peine voilés y étaient pour beaucoup :

— Je propose que nous laissions Paddy et Jeanne s'asseoir à côté l'un de l'autre. Ils ont plein de choses à se raconter, j'en suis sûre.

— Lucienne, ma chérie, tu devrais plutôt aller remettre de la musique. Le disque est terminé.

Pendant que Lucienne choisissait le jazz à venir, Loulou s'est chargé de mon interrogatoire :

— Jeanne, est-ce que je peux vous tutoyer pour commencer ?

— Je, oui, bien sûr. C'est que je ne suis pas habituée. Je suis désolée.

Léon, Lucienne et Jo ont lancé d'une même voix :

— Et un euro !

— Vous allez me dire que, dans vos habitudes, on ne tutoie que ses amis proches ? Milieu bourgeois peut-être ? a poursuivi Loulou.

— Bourgeois, je ne sais pas. Excusez-moi, mais… argh, un euro… enfin, je veux dire que nous ne nous connaissons que depuis vingt minutes, mais à y bien réfléchir, je n'y vois pas d'inconvénients.

— C'est-à-dire que nous pourrions attendre de mieux nous connaître pour nous tutoyer. Je suis certain que, dans quelques mois, nous serons tous pour vous de très bons amis. En revanche, je suis beaucoup moins sûr que, dans quelques mois, nous soyons encore tous de ce monde, alors pourquoi attendre ?

Tout le monde a levé son verre, et repris avec Loulou, tel un cri de guerre :

— Pourquoi attendre ?

J'ai suivi le mouvement, et ce, même quand j'ai compris qu'il consistait en un toast pour vider nos verres d'une traite. Le rhum m'a immédiatement chauffé les joues.

— Pourquoi attendre ? En effet ! TU as raison !

— En ce qui me concerne, Jane…

— Elle s'appelle Jeanne, a ricané Jo. Sérieusement, Paddy, on te le dit depuis des semaines. Jeanne, pas Jane… à moins que : toi, Tarzan ?

Tout le monde a ri, moi y compris. Le pauvre Paddy a semblé gêné puis a repris :

— En ce qui me concerne, j'ai mis la moitié d'une vie pour maîtriser l'usage du tu et du vous français, et j'en suis très fier. Je vous dirai donc VOUS, si VOUS le voulez bien ?

— On ne m'avait encore jamais demandé si on pouvait me vouvoyer, mais c'est très élégant. Ce sera avec plaisir, mon cher Paddy.

Nous avons dégusté le succulent buffet créole et descendu les deux bouteilles de rhum en nous racontant des anecdotes d'un autre temps.

Je me suis demandé depuis quand je ne m'étais pas sentie aussi heureuse. Cela faisait si longtemps que je ne pouvais même pas m'en souvenir.

Nous avons tellement ri que Sylvain le gardien est venu nous demander de « la mettre un peu en sourdine ». Lorsqu'il m'a vue, il n'a pu s'empêcher de me faire part de son étonnement mais aussi de son plaisir de me savoir ici.

Une fois son petit rhum partagé en notre compagnie, il s'est retiré et nous avons promis de faire moins de bruit.

Quand Loulou et Jo se sont mis à chanter à tue-tête sur le disque de Frank Sinatra, j'ai demandé :

— Vous ne croyez pas que l'on risque d'avoir des problèmes ?

Mes amis m'ont alors exposé une théorie qui faisait sens hier soir, imbibée de rhum, et qui me semble toujours très logique au moment où j'écris ces lignes : ici, nous sommes la crème de la crème.

Il y a deux types de résidents dans le bâtiment : des personnes légèrement dépendantes qui, au fil des années, feront partie du groupe des personnes dépendantes, et « les vieux en pleine forme », selon l'expression de Jo. C'est-à-dire nous ! Nous sommes du pain bénit pour l'administration et les encadrants. Pas de problème majeur côté santé, indépendants, autonomes. Une denrée rare passé quatre-vingts ans.

Apparemment, mes nouveaux copains ont très vite pris conscience de cela et ils en usent et abusent pour bénéficier de tout un tas de privilèges. Ainsi, le repas créole du jour a été préparé dans les cuisines de la résidence par Léon et Paddy. Eh bah voyons !

Vers 22 heures, ma tête tournait d'avoir tant bu et de m'être tant amusée, j'ai annoncé que je n'allais pas tarder à rentrer.

— Impossible ! Nous n'avons pas encore joué, a répondu Lucienne.

— Joué ? Qu'est-ce que vous allez me sortir encore ?

— C'est au tour de Loulou, ce mois-ci, a annoncé Léon.

— Vous allez très vite comprendre, Jane.

Alors Loulou s'est levé et a raconté :

— J'ai bien réfléchi et mon plus grand regret, c'est de ne jamais avoir poursuivi mon rêve de jeunesse : devenir chanteur.

La bande a applaudi et Loulou a poursuivi.

— Quand j'étais jeune, j'étais passionné de jazz. Je chantais dans un petit orchestre. À dix-huit ans, j'ai quitté ma province, comme le dit la chanson. Je n'étais pas certain de conquérir Paris, mais je pensais que cela valait le coup d'essayer. Pendant six mois, j'ai écumé tous les clubs de la capitale. J'avais plutôt la cote. Des imprésarios me tournaient autour et j'étais bien parti pour faire carrière.

— Petit cachottier ! s'est exclamé Léon alors que Jo et Lucienne applaudissaient frénétiquement les aveux de Loulou.

— Pour la Noël, je suis rentré à Lyon voir mes parents. Je voulais leur annoncer mon intention de devenir chanteur et leur raconter toutes les opportunités qui s'offraient à moi.

Pendant qu'il nous expliquait cela, Loulou a sorti d'une petite sacoche sous la table une pochette plastifiée dont il a extrait des articles de journaux jaunis par le temps. On pouvait y deviner le jeune homme qu'il a été.

L'un des hebdomadaires titrait : « Louis, nouveau roi de France du music-hall ».

Nous en sommes restés bouche bée. Léon a sifflé d'étonnement, et Jo d'ajouter :

— Eh beh mon salaud ! En voilà une sacrée nouvelle. La suite, la suite !

— Quand je suis arrivé chez mes parents, pfff, ouh là là… c'est tellement de souvenirs. Mon ancienne fiancée, que j'avais quittée pour aller vivre à la capitale, était assise dans le salon familial. Elle était enceinte de sept mois.

— Aïe, la tuile, a commenté Léon.

— Je ne suis jamais retourné à Paris. Je l'ai épousée, j'ai travaillé avec son père avant de reprendre les rênes de la société de ma belle-famille et…

Nous étions suspendus à ses lèvres. Une fois ses larmes ravalées, Loulou a murmuré :

68

— Et nous avons vécu cinquante-huit merveilleuses années avec mon Édith.

— Mince alors, c'était ton Édith ? Mais alors, cet enfant, c'est Jacques, ton aîné ? a demandé Lucienne.

— Non. Malheureusement, cet enfant est décédé à trois mois. Fichue maladie bleue. Mais je suis resté avec Édith. Je n'allais pas l'abandonner après… après ça…

— Et vous avez eu cinq enfants ensuite, tout de même, a ajouté Jo.

— Dont trois mis au monde par ma bien-aimée. Les deux derniers, nous les avons adoptés. Je ne suis pas très à l'aise avec ce regret. Vous comprenez, ce n'est pas mon Édith ni mes enfants que je regrette. C'est que je me dis parfois… Argh, cette sensation, quand on chante sur scène devant un public, quand les gens applaudissent à tout rompre. Je donnerais tout l'or du monde pour revivre cette sensation une dernière fois. C'est…

— Un spectacle musical à la résidence ! Je suis sûre que Monsieur Boris sera enthousiaste, a proposé Lucienne.

— Oui, ou pour le grand repas de fin d'année à la salle des fêtes. Ils font toujours venir un orchestre. Tu pourrais chanter avec eux, a renchéri Léon.

Je me suis peut-être un peu avancée, mais je ne pouvais pas garder cette piste pour moi :

— Je crois que j'ai une idée du tonnerre.

— Dis-nous, dis-nous, a supplié Lucienne.

— Deux de mes petits-fils, les jumeaux d'Hervé, ont lancé un festival de musique, il y a dix ans bientôt et… je crois que c'est devenu un grand rendez-vous estival de la chanson dans la Drôme. Je pourrais peut-être leur demander de nous aider. C'est le Festival des Baronnies.

— J'adore les Baronnies. C'est la Drôme provençale, a précisé Paddy.

J'ai dit à mes amis que j'allais me renseigner dans le week-end. Lucienne m'a suppliée de les appeler dès que possible.

J'ai promis, mais depuis ce matin, ils ne me répondent pas. Je dérangerai Hervé demain matin pour savoir si ses fils sont à Lyon ou chez lui dans la Drôme.

Avant de rentrer me coucher, je voulais en savoir le plus possible. La petite bande m'a tout expliqué.

En septembre dernier, Lucienne et Léon se sont chamaillés. Depuis le mois de juin, il ne cessait de parler d'un endroit magnifique perdu au fin fond du Var. Il disait qu'il adorerait y retourner et profiter du paysage encore une fois.

Léon avait séjourné là-bas quarante ans plus tôt avec une ancienne bonne amie. Quand Lucienne lui disait qu'il lui tapait sur les nerfs à rabâcher ce vieux souvenir, Jo, Loulou et Léon se moquaient tendrement de cette jalousie inattendue. Puis ils se sont pris au jeu et sont finalement partis tous ensemble profiter de l'été indien, le temps d'un week-end. La douceur de vivre et la formidable nature sauvage de l'arrière-pays les ont tous mis d'accord.

Dans le TGV qui les ramenait à Lyon, grisés par cette bouffée de liberté loin de la résidence, ils se sont promis de remettre cela très rapidement.

Les soirées de l'avant-dernier vendredi du mois étaient déjà de rigueur depuis quelques mois, il ne manquait plus que d'y ajouter « le jeu des regrets ».

Ma nouvelle bande d'amis répare les regrets de son passé. Petits ou grands. Chacun à son tour, au fil des mois, se raconte et les copains sont là pour l'aider.

Jo a ainsi pu se réconcilier avec l'un de ses frères. Heureusement, d'ailleurs, parce qu'ils avaient renoué depuis tout juste six semaines quand celui-là est mort.

Comme l'a dit Jo, « ça tient à rien parfois les disputes, mais on a quand même perdu quinze ans ». Avant d'ajouter : « Enfin, au moins, quand je le rejoindrai là-haut, on perdra pas de temps, on aura déjà fait la paix ici. »

Finalement, ce qui m'a agacée chez Lucienne au tout début de la soirée s'est révélé être un trait de caractère très fort chez ma nouvelle amie. Elle est sans filtre. Elle s'adresse aux autres d'une manière tellement spontanée que cela peut en décontenancer plus d'un. Pour ma part, j'ai été toute ma vie durant le genre de personne qui vous annonce une bonne ou une mauvaise nouvelle en l'empaquetant dans un joli papier avec un ruban. Lucienne se plaît à s'autoqualifier de « femme cash », c'est peu de le dire. Je crois que ce tempérament me plaît et que je pourrais beaucoup apprendre à son contact.

Bien entendu, j'ai été curieuse de savoir ce que ma nouvelle amie pouvait regretter.

Jo m'a expliqué en aparté que le grand regret de Lucienne était de n'avoir jamais assez aimé pour sauter le pas du mariage.

Lorsqu'elle avait fait ses aveux à la bande, elle avait précisé que le mariage n'était peut-être pas pour elle, mais qu'elle aurait tout de même bien aimé vivre maritalement… « une fois, pour voir comment ça fait ».

Lucienne avait ainsi demandé à Léon s'il accepterait de vivre avec elle dans l'un des petits appartements pour deux personnes au dernier étage de la résidence.

Léon était fou de joie. Lui-même n'avait jamais été marié. Il avait pour sa part vécu avec de nombreuses concubines, mais n'en avait épousé aucune.

J'ai également appris que le fils unique de Léon était le fruit de ses amours avec une jeune Guadeloupéenne qu'il avait voulu épouser cinquante ans plus tôt.

Celle-ci avait refusé parce qu'elle ne s'imaginait pas une seconde vivre en métropole. La jeune femme savait que Léon ne tarderait pas à vouloir quitter leur île natale. À l'époque, il venait de créer son entreprise de traiteur et, tôt ou tard, elle en était persuadée, il voudrait s'installer à Paris.

Les amoureux avaient continué à se fréquenter jusqu'au départ de Léon pour Lyon, capitale de la gastronomie.

Son fils était né sept mois et demi après son départ. Il n'avait eu connaissance de son existence qu'une fois le garçon majeur.

Pour revenir à Léon et Lucienne, les tourtereaux octogénaires attendent depuis deux mois qu'un studio pour deux personnes se libère (autrement dit qu'un résident décède) ou que l'un de ceux qui sont en travaux soit enfin disponible.

Loulou m'a expliqué à son tour que, dès le lendemain, Léon s'était rendu dans une bijouterie du centre-ville. Il avait ainsi pu demander sa main à Lucienne en mettant les formes et le genou à terre. La cérémonie est prévue pour le 1er juillet.

Je n'en crois pas mes oreilles. Lucienne, qui en deux jours s'est imposée à moi comme un modèle de femme libre et affranchie, regrette par-dessus tout de n'avoir jamais été mariée.

Je l'avoue honteusement, mais moi, si j'étais honnête, je dirais que mon véritable regret est de m'être mariée si tôt et de n'avoir vécu qu'à travers mon mariage.

Les apparences sont toujours trompeuses. Ce jeu des regrets est décidément plein de surprises et se révèle terriblement grisant.

Pour l'heure, c'est au tour de Loulou et je vais participer à l'aventure. Je vais peut-être même y contribuer grandement grâce à mes petits-fils.

En nous quittant hier soir un peu avant minuit, Léon m'a soufflé que je devais commencer moi aussi à réfléchir dès à présent à mon regret. Après Loulou, ce sera le tour de Paddy puis le mien.

Lundi 27 janvier, 9 heures

Lucienne est venue me chercher à 7 h 45 aujourd'hui. J'ai terminé de me préparer en discutant avec elle.

Nous déplorons toutes les deux que je ne puisse pas joindre mes petits-fils avant mardi. Ils sont à l'étranger pour le travail.

Mon amie m'a prise par le bras et nous sommes sorties dans les rues de bon matin.

Arrivée à la boulangerie, Lucienne a commandé trente-cinq viennoiseries et m'a lancé :

— Tu me dois 34 euros pour hier soir…

— Oh, je suis désolée, j'avais oublié cette histoire.

— J'en étais sûre. Tu es désolée et c'est grâce à ça que nous pouvons arrondir ta dette à 35 euros. Je te laisse donc payer la note, ma chère Jeanne.

J'ai souri de son stratagème et réglé la note.

Puis elle m'a entraînée à quelques rues de là. Nous sommes entrées dans un jardin public et avons rejoint des gens qui semblaient avoir passé la nuit dehors.

En quelques minutes, Lucienne m'a présenté « ses meilleurs amis irakiens », comme elle se plaisait à les nommer. Elle appelait chacun par son prénom et semblait très bien les connaître. Le petit groupe nous a invitées à prendre place parmi eux sur les bancs publics pour le café matinal.

— Jeanne vous a apporté les croissants.

J'ai tendu timidement les sachets imbibés de beurre.

Nous avons passé une vingtaine de minutes en leur compagnie.

Il y avait ici un ingénieur, des commerçants, un dentiste, des ouvriers, des mamans, un pianiste, une étudiante en biologie sous-marine. J'ai compris à ce moment précis que, jusqu'à ma rencontre avec Lucienne, je n'aurais sans doute vu en eux que des sans domicile fixe.

Sur le chemin du retour, Lucienne m'a expliqué qu'elle et Jo avaient harcelé Monsieur Boris pendant des mois pour pouvoir récupérer les kilos de pain, de beurre et de confiture que la résidence jette chaque jour après le petit déjeuner.

À force de ténacité, et sans l'accord de sa hiérarchie directe, Monsieur Boris a accepté de jouer le jeu. Depuis quelque temps, les hommes du parc viennent chercher chaque matin de quoi attaquer leur journée en exil le ventre plein.

Impossible de féliciter Lucienne pour cette initiative. C'est, pour elle, « le moins qu'on puisse faire ».

Ma nouvelle amie me donne une énergie folle. Je ne mesurais pas à quel point je souffrais de solitude depuis des mois, peut-être même des années.

Mon stratagème a été mis à nu par la bande et les membres de l'équipe de la résidence, mais je m'en moque. Je vais en revanche devoir bientôt affronter mes enfants et j'avoue que je redoute un peu ce moment. Pour les vacances de février, Auguste souhaite réunir toute la famille à la montagne.

J'ai toujours détesté le ski. Bien sûr, dans mon milieu, tout le monde le pratique. C'est une manière de dire que l'on appartient à un cercle de privilégiés. Enfin, moins de nos jours, car je crois que cela s'est un peu démocratisé. Mais, de mon temps, séjourner à la montagne l'hiver était réservé aux gens qui pouvaient se le permettre, autant dire se le payer.

Je n'ai jamais manqué de rien. Mon père était juge et mon défunt mari, chef de clinique. L'argent n'a jamais été un problème. J'ai, par contre, fui toute ma vie le snobisme de certains d'entre nous.

On m'a souvent dit que j'avais une certaine... élégance de vivre, que je pouvais évoluer dans tous les milieux et m'adapter. Mais en réalité, à part organiser les bonnes œuvres auxquelles je participais régulièrement ou mes deux demi-journées de bénévolat hebdomadaire, je n'ai pas vraiment eu l'occasion de fréquenter des personnes d'autres milieux que le mien. Je regrette souvent cette consanguinité sociale. Je pense être passée à côté de tellement de choses, de tellement de gens.

Enfin, pour revenir à mon problème, Auguste a réservé des chambres d'hôtel dans une station chic des Alpes suisses pour toute la famille durant quatre jours. Je dois me décider entre continuer à faire la folle ou remettre les choses en ordre. J'imagine leur tête si je redevenais normale comme si de rien n'était. Mais ce n'est pas une si mauvaise idée, maintenant que j'y pense. Et si je faisais comme si je ne me souvenais pas d'avoir perdu la boule ?

Bon, il me reste encore deux semaines pour me décider.

D'ici là, j'espère avoir le moins de visites possible. Nicolas doit venir après-demain mais, avec lui, je peux faire ce que je veux. Il m'aime. Peu importe celle que je suis. Pour les autres, ma foi…

Mercredi 29 janvier, 18 heures

Je suis en pleine forme. Depuis samedi, j'ai dîné tous les soirs avec la bande. C'est agréable d'être entourée.

Loulou nous a montré les chansons qu'il a écrites en secret toutes ces années. Il nous a également fait une liste de tous les classiques qu'il peut reprendre.

Hier après-midi, à l'heure de la sieste, il n'y avait presque personne dans la salle commune. Léon a demandé à Anne-Cécile et Hortense si elles nous autorisaient à assurer l'animation. Après quelques promesses, curieuses comme nous tous d'entendre enfin la voix de Loulou, elles ont accepté.

Sylvain, le gardien, nous a installé le système amplifié dont nous avions besoin.

L'heure du goûter approchait, les résidents se sont faits de plus en plus nombreux.

Loulou a pris le micro et a commencé à chanter. Sa voix chaude et gutturale nous a instantanément charmés.

Le temps s'est arrêté, Lucienne a pris ma main et celle de Léon. J'ai attrapé la main de Paddy qui a lui-même saisi celle de Jo. Nous assistions à la métamorphose de notre ami.

Jo et Léon ont passé trois jours à encourager Loulou. Il n'avait plus jamais chanté en public depuis sa déconvenue de jeunesse. En soixante-cinq ans, pas une seule fois il n'a fait entendre sa voix à quiconque. Quel gâchis !

Loulou nous a expliqué qu'il avait peur que le simple fait d'ouvrir la bouche pour laisser sortir des notes ne provoque un raz de marée émotionnel « qu'un homme de sa stature n'aurait pas su gérer ».

Sans bande orchestre, sa voix seule et puissante a empli la grande pièce.

Une fois son tour de chant terminé, ceux qui le pouvaient encore se sont levés pour applaudir, les autres tapaient sur la table à l'aide de leur cuillère ou de leur tasse à café. L'ovation fut à la hauteur de sa prestation.

Vers 17 heures, nous avons raccompagné Loulou dans sa chambre et nous avons à nouveau essayé de joindre, toujours en vain, mes saletés de petits-fils.

J'ai finalement reçu un message de Valérian lorsque je suis remontée du dîner. Il proposait que nous nous rappelions le lendemain matin, mais je me suis empressée de composer son numéro. Peu importait qu'il soit 20 heures passées.

— Mon chéri, c'est moi.

— Mamie, je suis surpris de t'entendre à cette heure-ci. Tu n'es pas encore couchée ?

— Non, mais je t'en prie, il n'est que 8 heures. Je remonte tout juste du dîner.

— Pardon, excuse-moi, je pensais que…

— Un euro !

— Un euro quoi ?

— Non, non. Oublie ça. Je raconte n'importe quoi.

Si j'avais voulu brouiller les pistes sur le fait que j'étais encore délirante, je n'aurais pas pu m'y prendre mieux.

— Écoute, on a un ami qui chantait dans sa jeunesse. Figure-toi qu'il aimerait bien remonter une fois sur scène, alors je me suis dit que… peut-être que ton frère et toi vous pourriez lui donner une chance.

— Attends, euh… excuse-moi, Mamie, je ne suis pas sûr de bien comprendre. Tu as un ami ?

— Oui, mais ce n'est pas le propos, mon chéri.

— Excuse-moi, mais depuis quand est-ce que tu as des amis ?

— J'en ai toujours eu. Qu'est-ce que tu t'imagines ?

— Est-ce que je le connais ?

— Non. C'est un résident. Il fait partie de ma bande.

— Mamie, tu es sûre que tu vas bien ? Tu m'as l'air surexcitée.

— Oui, oui. Je le suis. Alors, est-ce que vous pouvez m'aider avec ton frère ?

— Je ne comprends rien. J'ai, euh… attends une seconde.

Je l'ai entendu crier à Mathilde, sa compagne, qu'il la rejoignait dans une minute.

— Je n'ai pas trop de temps là. C'est la course. Les petits ne sont pas encore couchés. Tu veux que nous programmions ton ami dans notre festival ?

— Eh bien… appelle cela comme tu veux, mais oui !

Valérian a ri nerveusement avant de m'expliquer des choses incompréhensibles sur les enjeux de la vie culturelle en milieu rural et les subventions publiques qui diminuaient comme peau de chagrin.

J'ai donc essuyé un refus déguisé en complainte et j'ai raccroché, dépitée.

J'ai passé une nuit atroce. Je n'ai pas arrêté de me demander comment j'allais annoncer à mes amis que j'avais échoué dans ma mission. Impossible de fermer l'œil.

Heureusement, mon Nicolas est venu déjeuner avec moi ce midi. Il était déjà au courant, ses cousins l'avaient appelé à l'aube.

Ce garçon m'étonnera toujours. Alors que je me plaignais du refus déguisé des jumeaux, Nicolas a eu une idée.

— Pourquoi tu ne demandes pas à Gégé ?

— Gégé, tu veux dire Gérard ?

— Oui. Gérard, ton gendre.

— Pourquoi tu l'appelles comme ça ? C'est nouveau ? C'est amusant.

— Ses enfants l'appellent comme ça depuis Noël. Ça le rend dingue. Il trouve ça vulgaire. Et Martine, je ne te dis même pas. Les trois cousins s'en donnent à cœur joie du coup.

— Compte sur moi pour m'y mettre, alors !

— Tu m'étonnes ! Bref. Gégé nous soûle avec Jean-Louis, son super-ami d'enfance, non ? La semaine dernière, il se vantait encore avec ça. Comme quoi il devait prendre un verre avec lui prochainement. Il n'a pas manqué de préciser que son ami super-branchouille était pourtant très occupé avec le nouvel album de Johnny.

— Roooh, je n'y avais pas pensé. Mais qu'est-ce que tu crois qu'il pourrait faire ?

— Je ne sais pas, mais il n'arrête pas de dire que Jean-Louis lui doit tout. Que c'est lui qui lui a prêté les premiers fonds pour lancer sa société de production. Moi, je dis que ça se tente.

Nicolas a attrapé son portable et composé le numéro de Martine.

— Salut, Tatie.

— Nicolas ?

— C'est bien moi. Comment vas-tu ?

— Très bien. Je m'étonne de ton appel. Ta mère m'a dit que tu devais déjeuner chez Mamie ce midi. Est-ce qu'elle va bien ?

— Oui. Ne t'inquiète pas. Elle est en pleine forme, même. Dis, on voudrait demander un service à Gérard, est-ce que tu es au bureau ? Tu peux me le passer, s'il te plaît ?

Et Nicolas a tout expliqué à mon gendre. Gérard a demandé à mon petit-fils s'il avait bu ou s'il était tombé sur la tête. Tête de con !

Mon Nicolas a répondu avec ce calme olympien qui le caractérise :

— Tu sais, Gérard, tout le monde se plaint que Mamie n'ait plus goût à rien depuis qu'elle est à la résidence. Figure-toi qu'elle a quelques amis ici, apparemment. Elle voudrait juste aider l'un d'entre eux. C'est beau, ça, la solidarité, non ? C'est chrétien !

— Mais enfin, tu me vois appeler Jean-Louis et lui demander de laisser un vieux chanteur qui ne chante plus depuis soixante ans faire la première partie d'une de ses têtes d'affiche ?

— Si Mamie dit que son ami a du talent, c'est qu'il a du talent.

— Mais enfin, qu'est-ce qu'elle y connaît ? Et puis elle n'entend plus très bien.

Ce con me croit vraiment sourde, en fait.

— Gérard, tu te souviens quand Martine et toi m'avez demandé de convaincre mes parents et Marie-Ange de ne pas vendre la maison du Luberon.

— Oui, mais je ne vois pas le rapport, là ?

— Le rapport, c'est que vous m'avez dit que vous m'en deviez une bonne tous les deux. Eh bien, je joue mon va-tout et je te demande un service à mon tour.

— Non, non, là c'est joker ! Je ne me vois pas du tout l'appeler pour ça.

J'avais un peu abandonné le cours de la conversation parce que je la trouvais bien mal engagée. Surtout, je venais d'apprendre qu'Auguste et Marie-Ange avaient songé un temps à vendre la maison de mes parents. Quels vauriens !

C'est là que Martine s'est mêlée à la conversation.

— Je ne comprends pas, Nicolas. Qu'attends-tu de Gérard ?

Nicolas a expliqué à nouveau à Martine qui avait arraché le téléphone des mains de son mari.

— C'est d'accord. Il va s'en occuper. Si cela peut faire plaisir à maman. Il va l'appeler. N'est-ce pas, Gérard ? Tu veux faire plaisir à maman ou non ?

— Mais je, pfff… je ne le vois pas avant la semaine prochaine. J'ai un rendez-vous à Paris, on s'était dit qu'on en profiterait pour déjeuner. Bon sang ! Vous

vous rendez compte de ce que vous me demandez, j'espère ?

J'ai fait signe à Nicolas et il a approché le téléphone vers moi :

— Merci, Gégé. J'ai toujours dit que vous étiez un chic type.

Nicolas a raccroché et nous avons pouffé de rire comme des enfants après une blague téléphonique.

Nous avons déjeuné et je lui ai raconté ma soirée de vendredi.

— Attends, tu es en train de me dire que tu es sortie te bourrer la gueule vendredi avec ta bande de potes ?

— Non, pour commencer, je ne suis pas sortie puisque, techniquement, je suis restée dans le bâtiment. Mais oui, en effet, ta mamie s'est rendue chez des amis pour prendre un verre.

— Pour te soûler, va ! Coquine !

En partant, Nicolas m'a serrée contre lui et m'a demandé si, et je le cite, mon « Alzheimer, c'était pour emmerder tout le monde ».

J'ai fait diversion :

— Dis donc, jeune homme, je trouve que tu dis beaucoup de gros mots en ma présence.

— Mamie ?

— Mon chéri ?

— Pfff, tu es impayable ! De toute façon, je sais que tu nous fais tous tourner en bourrique depuis des mois. Y a que mes parents qui tombent encore dans le panneau. On pourrait en profiter pendant le séjour à la montagne. Il y aurait vraiment de quoi se fendre la gueule.

Je l'ai embrassé et je l'ai regardé s'éloigner. Au moment où il allait disparaître de mon champ de vision pour tourner dans le couloir qui mène à l'ascenseur, j'ai ajouté :

— C'est vrai qu'on pourrait bien s'amuser. Ça leur ferait les pieds, à Auguste et Marjolaine.

Avant qu'il ait le temps de répondre, j'ai fait un pas en arrière dans mon appartement et j'ai vite refermé la porte.

Jeudi 30 janvier, 8 h 15

Hier soir au dîner, la salade de betteraves a été accompagnée du récit du baiser dans le bureau de Monsieur Boris. J'appréhendais ce moment depuis plusieurs jours, mais Léon, en parfait gentleman, a eu la délicatesse de mentir et de laisser croire que c'était lui qui m'avait embrassée dans un geste désespéré.

— Imaginez que nous nous soyons fait pincer à fouiller dans les placards. Hélène aurait piqué une crise. Sur le coup, je n'ai pas réfléchi : j'ai attrapé Jeanne par le cou et je lui ai sauté dessus comme un goujat.

Lucienne n'a pas dit un mot pendant l'explication de Léon, mais on devinait qu'elle était déjà au courant pour le baiser. Elle a ri avec les autres avant d'ajouter :

— Ça nous a bien plu, cette histoire, mais nous mourons tous d'envie de savoir la même chose à présent. Qu'est-ce que tu étais en train de chercher dans ce placard, bon sang ?

Léon est venu à mon secours :

— Tu es bien curieuse, ma Lulu.

— C'est pas nouveau, ça, a ajouté mon amie en roulant des yeux avant de planter son regard au fond du mien. Alors ? Que cherchais-tu dans ce fichu bahut ?

Je ne pouvais pas me dérober, mais surtout j'avais besoin d'en parler. Alors, j'ai tout raconté à mes nouveaux amis. Je ne pouvais espérer meilleurs confidents.

Depuis des semaines, je me demandais si j'avais été trop loin, si me faire passer pour folle, ce n'était pas, quelque part, l'être vraiment. Mes amis, eux, m'ont comprise.

— Attendez, mais vous imaginez une seule seconde ce que Jeanne a pu ressentir ? s'est offusqué Jo.

— Non, pour moi… pour nous tous d'ailleurs, c'est différent, nous avons tous choisi de venir ici, a répondu Loulou.

J'ai raconté les semaines de mutisme, la colère grandissante qui me rongeait et la visite de Monsieur Boris. J'ai expliqué comment tous mes espoirs s'étaient effondrés lorsque le directeur avait compté les signatures dans mon dossier d'admission.

Léon a demandé timidement :

— Que penses-tu faire avec le dossier ?

— Tu vas le leur coller sous le nez, j'espère ? a suggéré Loulou.

— Pourquoi est-ce qu'elle ferait ça ?

— Parce qu'ils me mentent, Lucienne. C'est insupportable. Trois de mes enfants m'ont juré n'avoir jamais signé pour mon admission. Ils l'affirment haut et fort.

— Peut-être qu'ils ont oublié ? a-t-elle tenté.

— Comment oublier une chose pareille ? Je suis certaine d'ailleurs que, si je demandais aux deux autres, ils seraient capables de nier. Ce formulaire m'a fait l'effet d'une bombe. Comme si je perdais mes cinq enfants à la fois.

Mes amis ont marqué un bref silence et Lucienne a ajouté, en me prenant la main :

— Dis-toi qu'au moins, grâce à ce formulaire, tu as trouvé cinq amis.

Ma petite bande est tellement bienveillante. Dans mon malheur, c'est vrai que j'ai de la chance.

Samedi 1er février, 17 h 45

Nous attendons toujours des nouvelles de mon gendre Gérard pour le tour de chant de Loulou. Mais j'ai bon espoir.

Ma petite-fille Florence, la sœur de Nicolas, m'a rendu visite hier avec ses trois petits. Ici, je peux bien l'avouer, je crois que ce sont mes chouchous.

Il faut dire aussi que Florence me rend visite chaque vendredi depuis vingt ans. C'est notre tradition rien qu'à nous. Elle venait dîner à la maison chaque semaine quand elle était étudiante. Lorsqu'elle a commencé à travailler au musée, quand elle a été jeune mariée puis jeune maman, pas une fois elle n'a annulé nos repas hebdomadaires, à l'exception de son année d'études à Rome, bien sûr.

Maintenant que je suis ici, elle vient me voir un vendredi sur deux. C'est qu'elle travaille beaucoup et elle a tout de même trois enfants en bas âge. Ma petite-fille apporte à chaque visite une religieuse au café que nous partageons toutes les deux. Pendant ce temps, mes arrière-petits-enfants goûtent affalés sur mon lit devant un dessin animé. Une bulle d'amour et de fraîcheur dans ma semaine.

Florence m'a raconté qu'apparemment sa tante Martine s'est donné pour mission de faire plaisir à sa mère. Mon ingrate de fille semble avoir des scrupules. Tant mieux ! D'après ma petite-fille, elle casse les pieds à son mari depuis deux jours pour qu'il appelle son ami Jean-Louis. Comme mon gendre freine des quatre fers, elle a fini par proposer de l'appeler elle-même. Après tout, elle aussi le connaît depuis le temps. Gérard s'est trouvé bien ennuyé et a été contraint d'accepter. Martine doit passer ce week-end le coup de fil porteur de tous les espoirs de ma petite bande. On croise les doigts.

Hier soir après le dîner, j'ai proposé à Lucienne de venir prendre une tisane chez moi. Je devais demander un service à ma nouvelle amie. Ce n'est pas dans mes habitudes, mais je n'ai pas tellement le choix.

— Lucienne, tu sais, ce dossier d'admission, je crois que je devrais le remettre à sa place. Si Monsieur Boris remarque qu'il n'est plus là, il pourrait avoir des soupçons, n'est-ce pas ?

— Eh bien, ma chère amie, as-tu trouvé ce que tu cherchais dans ce dossier ?

— C'est-à-dire... Depuis que Léon me l'a donné, je ne l'ai même pas ouvert. Il est rangé au fond de mon placard.

Lucienne a pris quelques minutes pour réfléchir, puis elle s'est levée et a foncé dans le couloir de l'entrée où se trouve ledit placard. Après avoir mis mes vêtements sens dessus dessous, elle est revenue avec le dossier orange sous le bras et me l'a tendu.

— Il est là. Ouvre-le, fais le constat de l'ingratitude de tes enfants, confronte-toi à la réalité, je me chargerai de le remettre discrètement dans le bureau de Boris.

Je n'ai pas bougé. Je fixais le dossier comme s'il allait s'animer.

— J'ai peur.

— Mais enfin, a dit Lucienne d'une voix douce en approchant sa chaise contre la mienne, de quoi ? Tu sais ce qu'il y a dedans. Tu dois juste le regarder en face. Tu verras, ton monde ne s'effondrera pas pour autant. Il a déjà failli te tomber sur le coin du nez et tu as trouvé un stratagème fantastique pour rester debout. Fais-moi confiance. Et puis tu sais, maintenant on est là avec les copains. Je suis là.

J'ai remercié Lucienne et je lui ai demandé de me laisser seule pour affronter mes démons. Une fois la porte refermée, debout, le dos contre la porte d'entrée, les larmes sont montées.

Aussi intense soit-il, le chagrin ne dure jamais longtemps chez moi. La colère, même sourde, reprend vite ses droits. Je me suis ressaisie et j'ai attrapé le dossier.

Le choc a été d'une violence inouïe. Je ne l'avais vraiment pas vue venir, celle-là.

J'ai tourné le dossier dans tous les sens, retourné les pages, cherché si un feuillet n'était pas resté coincé dans le placard. Rien. Je devais faire face, comme me l'avait dit Lucienne, mais je n'étais pas préparée à ce que j'ai trouvé.

J'ai déposé le papier sur la petite table de la kitchenette et je suis allée m'allonger.

J'ai dormi d'une traite. Cela ne m'était plus arrivé depuis si longtemps, depuis la mort de mon époux.

Pendant cinquante-cinq ans, je me suis endormie en agrippant une petite partie du haut de pyjama de mon André. Il disait que c'était comme un doudou pour moi. Depuis qu'il ne dort plus à mes côtés, je me réveille toutes les nuits en sursaut, je cherche le bout de tissu rassurant.

J'ai ouvert les yeux à 9 heures. Je ne sais pas si cela m'est déjà arrivé une seule fois dans ma vie. Et encore, j'aurais sûrement dormi plus longtemps si je n'avais pas été dérangée par un visiteur qui grattait derrière la porte.

— Ma chérie, mais qu'est-ce que tu fais encore en robe de chambre ? File vite te laver. Nous allons au marché. Le bon air frais du matin, il n'y a rien de mieux.

En disant cela, Lucienne m'a poussée à l'intérieur de ma salle de bains, m'a tendu le peignoir en éponge qui séchait sur une patère dans l'entrée et a refermé la porte sur moi. J'ai obtempéré et je me suis préparée.

Lorsque je suis sortie, elle avait fait couler le café et m'attendait assise à la table, le formulaire d'admission entre les mains.

— Je peux ?

J'ai fait oui de la tête et elle a retourné le papier sur la face imprimée.

Après un long silence, interrompu d'un raclement de gorge, mon amie a demandé :

— Tu y comprends quelque chose ?

— Je ne sais plus. En fait, hier soir, en voyant le document, je me suis rejoué la scène avec Monsieur Boris. Cela a tourné dans ma tête un moment.

— Raconte-moi.

— Je crois que Monsieur Boris n'a pas vraiment dit qu'il y avait cinq signatures sur le papier.

— Mais…

— Il a simplement lu les prénoms dans la partie nom et numéro de téléphone des personnes à contacter. Moi, j'étais perdue, j'ai entendu ce que je voulais entendre.

— Ce que tu ne voulais pas entendre, ma chérie, a corrigé Lucienne d'une voix douce et ferme à la fois.

— Oui. Tu y comprends quelque chose, toi ?

— Je ne suis pas là pour ça. Tu as cru cela pour une raison qui t'appartient, mais ce n'est pas à moi de te dire laquelle. D'ailleurs, j'en serais bien incapable.

— Mais tu étais psy…

— Oui, mais je n'ai jamais été clinicienne. J'ai fait de la recherche, moi. Et même si cela n'avait pas été le cas…

— André, lui… il aurait su me dire pourquoi j'ai cru que Monsieur Boris avait parlé de signatures de mes cinq enfants.

— Peut-être qu'André t'a trop souvent dit ce que tu devais comprendre. Peut-être qu'un psy ne devrait pas analyser sa propre famille. Enfin, je dis ça…

— Non, tu as raison. Mais alors, comment expliques-tu le fait que je ne me souvenais pas du jour de mon arrivée ici ? C'est revenu tout doucement, hier soir, en voyant le document. Il ne comporte qu'une seule signature et c'est la mienne. C'est moi qui l'ai signé, ce fichu formulaire. Je m'en souviens maintenant. Monsieur Boris m'a accueillie avec Hélène et Sylvain, le jour de mon admission. J'étais accompagnée

93

d'Auguste et de Martine. Nicolas nous a rejoints un peu plus tard. Nous avons passé un long moment dans le bureau et j'ai signé de mon plein gré ce maudit papier. Comment ai-je pu l'oublier ?

— C'est parfaitement normal. Tu refusais de venir vivre ici, ton cerveau a donc effacé ce jour de ta mémoire.

— Un déni ?

— Pas exactement, mais en quelque sorte.

J'ai rangé le formulaire d'admission dans le dossier.

Avant de partir, Lucienne l'a glissé dans son sac, pour le remettre discrètement dans le placard de Monsieur Boris, comme convenu la veille.

J'ai profité du reste de ma matinée en bonne compagnie avec mon amie. Nous avons fait un saut au marché puis Lucienne a proposé que nous apportions un poulet rôti à ses, enfin à présent, à NOS amis du parc.

Sur le chemin du retour, j'ai dit à Lucienne que je devais lui faire un aveu, mais qu'elle devait me jurer de ne pas en vouloir à Léon.

— Croix de bois, croix de fer, si je mens je vais en enfer, a-t-elle claironné.

— Eh bien, il ne faut surtout pas lui en vouloir, mais le baiser dans le bureau de Monsieur Boris, c'est moi qui lui ai sauté dessus. Il a dit que c'était lui pour ne pas me faire honte parce que c'est un gentleman.

Lucienne s'est arrêtée de marcher et, pendant une seconde, j'ai eu peur qu'elle ne se fâche. Elle s'est appuyée sur la poignée de sa grosse charrette de victuailles et m'a souri :

— Ma chérie, j'ai su à l'instant où je t'ai rencontrée que tu étais une femme d'honneur. Je ne me trompe jamais. Léon m'a raconté votre rencontre dans le bureau le jour même où elle a eu lieu. Lui aussi m'a fait promettre de ne pas dire que tu étais à l'initiative du baiser. Par délicatesse à ton égard.

— Je suis tellement rassurée. J'ai horreur des secrets.

Lucienne et moi avons repris notre chemin en direction de la résidence et n'avons plus dit un mot.

Dimanche 2 février, 11 h 30

Bon sang ! J'écris rapidement quelques lignes avant de descendre rejoindre Lucienne et Jo pour le déjeuner. Léon, Loulou et Paddy sont de sortie dans leurs familles respectives.

Je ne sais pas si je vais réussir à tenir ma langue. Je crains d'être trop excitée pour garder cela pour moi. Mais je sais que je devrais attendre le dîner, que nous soyons tous au complet.

Martine m'a appelée il y a dix minutes. Elle a eu Jean-Louis au téléphone ce matin. Il était dans un studio d'enregistrement de disques avec un de ses artistes. Apparemment, il a d'abord refusé de nous aider, très poliment, en expliquant qu'il ne pouvait rien faire à son niveau. C'est là qu'est intervenu l'imprésario, je crois que Martine l'a appelé « le manager ». Il a interrompu la discussion et soufflé une idée à Jean-Louis. Lequel a semblé hésiter et a finalement dit à Martine qu'il la rappellerait dans l'heure. Ce qu'il a fait.

Lors de ce nouvel appel, il lui a dit que, si Loulou pouvait assurer trente minutes de spectacle vendredi prochain à Paris, alors « l'affaire était dans le sac ».

Je n'ai pas vraiment tout saisi, mais je m'en moque. Je suis folle de joie.

J'espère que Loulou se sentira capable de monter sur scène dans moins de cinq jours.

Dimanche 2 février, 21 h 45

Je suis très fière de moi, je n'ai pas du tout parlé du spectacle à Lucienne et Jo lors du déjeuner. Et mentir à Lucienne, ce n'est pas rien ! Elle a un de ces sens de l'observation… un vrai radar.

Je suis épuisée mais, avant de me coucher, je dois raconter notre dîner.

Pendant que nous attendions que les entrées nous soient servies, j'ai reculé un peu ma chaise et, d'un air solennel, j'ai fait tinter mon couteau contre mon verre à pied.

— Mes amis, j'ai une grande annonce à vous faire.

— Bon sang, Paddy, tu nous l'as fichue enceinte, a raillé Jo.

J'ai rougi et Paddy s'est offusqué :

— *How dare you ?*

Je trouve tellement charmant qu'il se froisse dans sa langue maternelle. Sa voix est différente lorsqu'il parle anglais. J'aime beaucoup son timbre chaud.

— Si tu me dis que tu nous quittes pour retourner vivre chez toi, je pique une crise de colère, ma chérie, a avancé Lucienne, un peu craintive.

— Non, je te rassure, je me suis fait une raison, je vais mourir ici, mes amis.

Léon nous a recadrés :

— Jeanne a quelque chose à nous dire, cessons de l'interrompre sans cesse.

— Oui alors, je n'ai pas beaucoup d'infos. J'en saurai plus demain, on doit nous appeler pour nous donner tous les détails…

— Elle va la cracher, sa Valda, s'est impatienté Jo en accompagnant sa parole d'un grand sourire.

Jo n'est pas encore tout à fait à l'aise avec moi. Il est d'un naturel très spontané et parfois même trop. Nous ne nous connaissons que depuis dix jours, après tout. Alors, lorsqu'il balance une petite vanne, surtout si elle m'est destinée, il vérifie encore d'un sourire rieur si j'ai bien pris sa boutade.

Ces derniers jours m'ont transformée. Il y a encore quelque temps, j'aurais sûrement trouvé Jo trop familier, voire vulgaire..

— Bon, mes amis, j'espère que vous êtes bien assis.

— C'est vrai, ce serait dommage de se casser le col du fémur à notre âge, m'a interrompue Jo.

— Si tu veux que je crache ma Valda, ai-je répondu en mimant des guillemets avec mes doigts, il faudrait que tu la mettes en veilleuse deux secondes, mon cher Jo.

Lucienne m'a suppliée de poursuivre.

— Donc, mes chers camarades, que faites-vous le week-end prochain ? Tatata, ne perdez pas de temps à me répondre. Ma question est purement rhétorique. Parce que… vendredi prochain, nous serons tous à Paris pour assister au spectacle de Loulou.

Stupéfaction générale.

Je leur ai raconté la conversation entre Martine et Jean-Louis. Nous avons poursuivi le dîner excités comme des gamins avant la neige.

C'était tellement agréable, cette sensation d'être utile, au cœur des choses.

Ces dernières années, je me suis sentie si souvent mise à l'écart par ma famille.

Vendredi 7 février, 14 h 30

Nous y voilà. C'est ce soir.

Nous avons pris le train tous les six ce matin à La Part-Dieu, direction Paris.

Monsieur Boris et Sylvain nous ont accompagnés à la gare, avec le petit van de la résidence. On avait l'impression de partir en colonie de vacances.

Dans le train, Léon et Lucienne se sont reposés en amoureux pendant que Paddy et Jo jouaient au rami.

Loulou répétait ses morceaux dans le couloir entre les wagons lorsque je l'ai rejoint. Je voulais m'assurer qu'il n'était pas descendu du train au Creusot TGV à cause du trac. Nous nous sommes assis sur la petite banquette entre les wagons.

Un jeune homme en jogging et casquette vissée sur le crâne est venu à notre rencontre.

— Dites, vous n'avez pas de places assises ? Parce que mon pote et moi, on est assis là dans la voiture 9, si vous voulez prendre nos sièges. Ça se fait pas, de laisser des vieux comme ça, mal assis.

En dépit de sa maladresse, ce jeune homme était tout à fait charmant. Nous avons refusé poliment son offre. J'ai profité de l'occasion pour lui demander s'il connaissait un chanteur de hip-hop qui s'appelait Sami.

— Vous voulez dire, le rappeur ?

— Oui, il fait du hip/hop, on m'a dit, c'est pas la même chose ?

— Hip-hop, on dit hip-hop.

— C'est ce que j'ai dit, non ?

— Non, vous marquez trop d'arrêt entre le hip et le hop.

— C'est comme be-bop, faut le prononcer d'un trait, a précisé Loulou.

— C'est ça. Tu m'étonnes que je le connais. Tout le monde le connaît, Sami, madame. C'est un tueur.

En voyant nos têtes déconfites, le jeune homme s'est repris :

— Je veux dire qu'il est super-connu et il est trop fort, c'est normal.

— Il donne un spectacle, ce soir, tu y vas peut-être ? a demandé Loulou timidement.

— Ha ha ha, un spectacle, vous me faites trop rire. On dit un concert maintenant, ou un *live* si vous préférez parler anglais. Un spectacle ! On dit plus ça depuis au moins quarante ans.

Nous nous sommes regardés et Loulou m'a donné carte blanche d'un clin d'œil complice :

— Tu vois les dinosaures que tu as devant toi. Eh bien, nous, on y va, au concert de Sami.

— Même pas je vous crois. Faites voir vos billets ? C'est complet depuis des semaines.

Loulou lui a demandé s'il aimerait assister au « *live* » de ce soir.

— Tu parles !

Le gamin a failli tourner de l'œil lorsque mon ami a appelé devant lui l'assistant de Sami.

— Salut, Jimi. Dites, je sais que je vous ai dit que je n'avais pas besoin de billets pour des invités ce soir, mais si votre proposition tient toujours, j'ai devant moi un petit qui aimerait bien me voir sur scène.

Nous avons poursuivi le voyage en compagnie du jeune homme. Il nous a raconté qu'il était aux beaux-arts de Lyon et qu'il se rendait à Paris pour faire le tour des galeries et présenter son travail. Il nous a expliqué la différence entre les tags et le graffiti pendant un bon quart d'heure. Lucienne, qui nous avait rejoints entre-temps, nous a épatés par ses connaissances en la matière.

— Moi, toutes les formes d'expression me fascinent, vous savez. Celle-ci est à la fois poétique et hors la loi, j'adore ça, a-t-elle précisé.

— Putain, euh, pardon. Mais si je raconte cette rencontre à mes potes, ils vont me traiter de gros mytho.

Quand nous sommes arrivés à Paris, une voiture attendait Loulou pour le conduire à l'Olympia. Nos amis sont donc allés s'installer à l'hôtel tandis que Loulou et moi sommes partis vers sa grande aventure.

Cette semaine, il m'a demandé si je voulais bien rester avec lui jusqu'à ce qu'il monte sur scène. Tu parles que j'ai accepté ! J'étais flattée même. D'autant qu'il a eu la délicatesse de mentionner, je le cite, « ma présence apaisante qui lui serait bien utile ».

Nous étions arrivés devant la salle depuis moins d'une minute quand Jean-Louis et l'imprésario de Sami sont venus nous accueillir. Ils nous ont trouvés les bras ballants, les yeux rivés sur la façade et ses immenses lettres rouges lumineuses.

— Impressionnant, n'est-ce pas ? nous a interrogés Jean-Louis en serrant la main de Loulou, avant de m'embrasser comme du bon pain. Ça vous va ? On ne savait pas quoi mettre, c'est Sami qui a eu l'idée.

Loulou a bégayé quelque chose qui devait être un oui et « pas de souci ».

Ils nous ont accompagnés à l'intérieur et, après un interminable parcours du combattant, nous ont installés dans une loge, la loge réservée à mon ami. Son nom de scène improvisé par Sami figurait sur la porte de la loge comme sur le fronton du mythique music-hall : King Louis. Par procuration, j'étais fière comme un paon.

Nous avons fait le tour de la pièce. Tout était prévu pour notre confort.

Jimi, le jeune imprésario, nous a donné le numéro de portable d'un de ses cousins.

— Il est responsable de vous toute la journée.

Nous lui avons rappelé en riant que nous avions passé l'âge d'avoir un chaperon, il a semblé peiné.

— C'est pas pour vous chaperonner, c'est pour vous mettre bien. Si vous avez besoin de quoi que ce soit, vous appelez Big K et vous lui demandez.

— Vu sous cet angle, alors, a consenti Loulou.

Une fois tous les deux dans la loge, j'ai appelé Nicolas pour lui dire que nous étions bien arrivés.

Pendant l'appel, j'observais discrètement mon ami qui lui-même s'observait dans le grand miroir de la loge.

En raccrochant, j'ai proposé :

— Tu veux que je te maquille un peu ? Je dois pouvoir te rendre tes vingt ans avec un peu de rose aux joues.

— Bécasse, va !

— Dis, Loulou, ça va aller ? Tu te sens comment ?

— Je crois que mon cœur va s'arrêter d'une minute à l'autre, mais ça va aller, Jeanne. Merci.

— Je t'en prie.

— Non, je suis sérieux. Merci. Tu ne te rends pas compte de ce que cela signifie pour moi.

— Eh bien, j'imagine un peu. Je suis contente de participer à ton grand retour.

— Il n'y aura qu'un aller simple. Crois-moi. Si je ne meurs pas de trac cet après-midi ou d'une crise cardiaque ce soir sur scène, il n'y aura pas de deuxième fois. C'est plus de mon âge, tout ça. Il est à peine midi et je n'ai qu'une seule envie, c'est de faire une petite sieste.

— Fais donc !

— Tu imagines si les jeunots de la production me trouvent en train de ronfler sur le canapé ?

— Il est bien là pour quelque chose, ce canapé, non ? Et puis, les jeunes, ils ont des grands-pères, ils doivent savoir qu'on fatigue vite, non ? Allez ! Allez ! Et puis c'est ton grand jour, alors tu ne vas pas commencer à te mettre des barrières. Tu dois être en forme pour ce soir.

En disant cela, j'ai installé les coussins sur le sofa pour que Loulou soit à l'aise.

Mon ami m'a écouté et s'est allongé pour quelques minutes sur le canapé.

J'en profite pour écrire ces quelques lignes.

Vendredi 7 février,
il ne doit pas être loin de une heure du matin.

Je suis épuisée, je viens à peine de rentrer dans ma chambre.

Je dois absolument raconter, j'ai tellement peur d'oublier des détails de cette incroyable journée.

Une fois que j'ai été certaine que Loulou dormait à poings fermés, je lui ai retiré ses souliers, je l'ai couvert et je suis allée me promener. C'était une vraie fourmilière dans les coulisses. Au bas mot, cinquante bonshommes et quelques jeunes femmes s'affairaient et couraient dans tous les sens. Une bonne vingtaine d'entre eux se sont arrêtés chacun à leur tour en me croisant pour me proposer leur aide.

Je leur expliquais que je me promenais en attendant le concert, cela les amusait de me voir errer dans ces couloirs interminables.

Au hasard de mes déambulations, je me suis retrouvée en bord de scène. Je me suis cachée derrière le rideau et j'ai observé Sami, la star de la soirée.

Lorsqu'il m'a vue, il s'est arrêté de chanter et a fait signe à son équipe qu'il prenait une pause. Je ne sais pas trop comment mais, en moins de cinq minutes, nous étions attablés dans sa loge à manger de la pizza aux fromages.

— J'ai super-hâte de rencontrer votre mari, madame.

— Je, euh… je suis désolée, mais mon mari est mort.

— Quoi ? a demandé le jeune homme qui venait de perdre le grand sourire qu'il semblait arborer en permanence. Vous déconnez ?

— Il est mort d'une crise cardiaque, cela fera six ans en octobre prochain.

— Mais vous n'êtes pas la femme du chanteur ?

— Je… non, je ne suis pas sa femme. Non, lui n'est pas mort, je vous rassure. Encore que, si on lui demande comment il va, il vous dira qu'il est mort de trouille, mais…

— Aaaaah, j'ai eu la peur de ma vie. Je peux quand même pas voir clamser tous les vieux autour de moi.

Sami m'a expliqué que, quand Martine avait contacté Jean-Louis, il venait d'apprendre que le chanteur qui devait assurer sa première partie avait perdu son grand-père. De fait, il annulait tout pour assister à ses funérailles en Colombie. Son producteur, son agent et lui-même s'étaient alors mis en quête d'un rappeur pour le remplacer. Visiblement, ce n'était pas de la tarte. Sami est le genre de personne qui ne travaille qu'avec des gens qu'il connaît bien. Ce concert, pour lui, c'est un retour aux sources. Le début de son succès, il y a cinq ans, sa première grosse scène, c'était l'Olympia. Il revenait sur ses propres pas avec respect et nostalgie ce soir.

Ce gosse est vraiment touchant, à nous remercier de lui rendre service. Il ne mesure pas l'honneur qu'il fait à Loulou. À moins qu'il ne s'en rende compte, mais qu'il ait la modestie de le cacher.

J'ai réveillé Loulou à 14 heures. Il m'en a d'abord voulu de l'avoir laissé dormir si longtemps, mais comme je revenais avec une pizza chèvre-miel et pignons de pin, il ne m'en a pas tenu rigueur bien longtemps.

À 16 heures, il est allé répéter avec les musiciens de Sami. Tout le monde a été épaté par sa rigueur et son professionnalisme. En dépit de son manque de pratique évident, mon ami donnait le change à l'orchestre. C'était comme s'il avait passé toute sa vie sur les planches.

Vers 19 heures, Loulou m'a dit qu'il souhaitait rester un peu seul. Je suis allée rejoindre nos amis. Je les ai trouvés installés au bar du music-hall.

Lucienne était ravissante, coiffée d'un chignon vaporeux, habillée d'une robe bleu nuit en velours. Léon était en costume sombre, assez chic. Paddy était d'une élégance folle, comme à son habitude. En tenue de ville ou de gala, sa carrure lui assure toujours une certaine prestance. Jo était habillé comme un jeune, d'un jean et d'une chemise aux motifs hawaïens. Il avait même sorti intentionnellement sa liquette de son pantalon pour faire « moins vieux ». Nous l'avons chambré toute la soirée et je crains que nous ne continuions à le taquiner encore de longues semaines avec ça.

Le stress aidant, nous avons éclusé une bouteille de champagne en moins de temps qu'il n'en faut pour l'écrire. Nous étions l'objet de toutes les attentions. Les attachées de presse avaient vraisemblablement très bien fait leur travail. Toutes les personnes présentes, journalistes, professionnels du spectacle, mais aussi le public, tout le monde savait qu'un « vieux » chanteur devait se produire ce soir en première partie. Nous avons gardé le mystère et décliné toutes les sollicitations pour laisser à Loulou le soin de raconter son histoire avec ses mots à lui.

Le rideau s'est ouvert à 20 heures précises. Nous étions installés au balcon, face à la scène.

C'est Jimi, l'imprésario de Sami, qui a pris le micro pour annoncer Loulou :

— Dans la vie, il y a des fois où tu crois que t'es en galère et bam ! y a un signe du Ciel. Un truc qui te tombe dessus et qui règle ton problème. Faut juste savoir identifier ce signe. Le grand monsieur qui s'apprête à monter sur scène a quatre-vingts ans. Mesdames, mesdemoiselles, messieurs, je vous demande de faire un triomphe à Kiiiiing Louiiiiiiis.

Quand je pense que Nicolas et Florence craignaient que le public parisien réserve un accueil froid à notre ami. Ce fut tout le contraire.

Lorsque j'ai aperçu Loulou dans son élégant costume croisé, j'ai eu du mal à le reconnaître. Les lumières de la scène ou peut-être l'assurance qu'il dégageait, il était beau, heureux ; il avait vingt ans à nouveau.

Le public a applaudi à tout rompre, des « Vas-y, papi ! », des « Fais péter, pépé ! » bienveillants fusaient ici et là.

D'un pas assuré, Loulou s'est dirigé vers le pianiste puis s'est assis près de lui sur un tabouret haut laissant une jambe en appui sur le sol. Il a marqué un petit temps de silence pour que le public retrouve son calme. Les copains et moi étions au bord de l'évanouissement. Enfin, la voix chaleureuse et jazzy de Loulou a empli la salle dans ses moindres recoins.

Notre ami a commencé par trois classiques de jazz. De ceux que tout le monde fredonne, mais dont personne ne connaît le titre. Il n'a pas dit un mot entre les chansons. Le public a applaudi chaleureusement.

Lorsque, à la fin de la troisième chanson, il s'est levé et s'est approché du devant de scène, Paddy m'a pris la main. Je l'ai laissé faire. Après tout, cela fait deux semaines qu'il garde la distance appropriée à notre âge. Il n'y a pas de mal à se tenir par la main, non ?

Je ne sais plus trop. Je n'ai plus fait cela depuis des siècles. Enfin, en tout cas, depuis le siècle dernier.

Loulou a commencé à expliquer au public ses jeunes années, sa carrière avortée avant même d'avoir vraiment commencé.

— Je ne vais pas vous tenir la jambe bien longtemps. Vous avez sûrement déjà bien assez de vos grands-pères pour vous faire de longs discours.

Le public l'écoutait religieusement.

Un assistant lui a installé son tabouret en bord de scène et notre ami a conclu :

— Je ne regrette pas d'avoir choisi ma femme à la place de ma carrière. Pas une seule seconde. Mais en prenant de l'âge… Il y a de très jeunes gens dans le public ce soir… c'est surtout à eux que je m'adresse, en vieillissant on se rend compte qu'on s'empêche soi-même. On se met des barrières. On a peur de ne pas être à la hauteur, alors on se limite. Ce que je regrette vraiment ? C'est qu'à l'époque j'ai cru qu'il fallait faire un choix. En réalité, j'aurais pu, pardon, j'aurais dû, mener de front les deux rêves de ma vie. Revenir à Paris avec ma femme et notre bébé. Allez, allez, voilà que je vous sors le discours du vieux schnoque. Musique, *maestro* !

Je jure que j'ai vu quelques gamins aux airs de gros durs essuyer une petite larme. Je dis ça, mais moi-même, d'ailleurs, j'avais des larmes plein les yeux.

J'ai repensé à la discussion que nous avions eue avec Lucienne quelques jours plus tôt. Elle était celle qui avait eu une brillante carrière et moi, j'avais élevé une grande famille. Les deux faces d'une même médaille.

Est-ce que nous aurions pu combattre sur les deux fronts ?

Je ne pense pas que l'époque nous l'aurait permis.

Je crois, j'espère, que c'est plus facile de nos jours pour les jeunes femmes. Ce qui est certain, c'est que cela ne sera jamais aisé.

J'étais un peu perdue dans mes pensées, émue par les mots de Loulou. Paddy a approché ma main de son visage pour y déposer un baiser. Un premier baiser. Sur le dos de ma main. Un frisson a parcouru mon bras. C'était si… nouveau. Il a ensuite tourné délicatement mon poignet et effleuré le bout de mes doigts avec ses lèvres.

Je savais qu'il me regardait, mais je n'ai pas détourné les yeux de la scène. J'ai simplement souri et il a répondu en me serrant la main un peu plus fort.

L'éclairagiste a douché Loulou d'une lumière douce et tamisée et ses mots se sont envolés dans la salle :

« *Et dites, et dites-moi si vous m'aimerez*
[toute la vie, Édith.
Et dites-moi si notre histoire nous mènera ici ou là,
Édith, dites-moi, si l'on regrettera, cette vie ou pas,
Une vie sur scène, cela ne s'offre qu'une fois, je crois. »

Loulou nous dévoilait cette chanson pour la première fois. Je ne sais plus très bien ce qu'il s'est passé après cela. Loulou a dû chanter deux ou trois autres chansons, mais je crois que je suis restée suspendue, éperdue, quelque part entre le dernier couplet et le dernier refrain d'*Édith, dites-moi*.

Ce sont les applaudissements à tout rompre qui m'ont sortie de ma rêverie.

Loulou saluait le public lorsque Sami est monté sur scène. Avec ses bras, il mimait une prosternation devant notre ami. Une fois à ses côtés, il a demandé à la foule de faire « un maximum de bruit pour King Louis ». La salle était surchauffée.

— On vous avait promis un truc de ouf ce soir ou bien ? Il est pas dingue, ce grand-père ? J'te kiffe. C'est toi le patron, Loulou. Ça te dit qu'on se fasse un petit morceau comme ça tous les deux ?

Cette idée a fini de déchaîner le public. Loulou ne pouvait pas refuser, mais il était bien embarrassé, car ils n'avaient rien préparé tous les deux. Il a chuchoté quelque chose à l'oreille de Sami. Le rappeur a approuvé de la tête, croisé les bras sur sa poitrine, fait mine de réfléchir quelques secondes, puis il a levé les deux index et les yeux en direction du plafond. Il hochait le menton en signe d'approbation, visiblement plein d'enthousiasme.

— Tu déchires, mec, a-t-il répondu avant de se diriger vers le pianiste pour lui souffler quelques mots à l'oreille.

Le spectacle s'est ainsi achevé par une version totalement improvisée à moitié jazz à moitié hip-hop (à prononcer en un seul mot) de *Je me voyais déjà* du grand Charles Aznavour.

Je ne vais pas pouvoir raconter la soirée qui a suivi, car je suis, d'une part, épuisée et, d'autre part, il y a des moments de la vie qui ne se racontent pas, qui doivent rester dans les mémoires de ceux qui les vivent pour ne pas en trahir la magie.

Jeudi 13 février, juste avant le déjeuner

Voilà quatre jours que je n'ai pas écrit. Il m'aura bien fallu tout ce temps pour me remettre de ce séjour parisien. Bon sang ! Tant d'émotions !

Elle a raison, Martine, ce n'est plus de mon âge ! J'imagine si Lucienne ou un des copains lisaient ces mots, ils me passeraient un de ces savons. Ça leur tape sur les nerfs quand je dis que quelque chose n'est plus de notre âge.

En tout cas, ma fille Martine s'est démenée pour nous aider avec le regret de Loulou. Je lui accorde. Mais cette vieille rombière m'a appelée le lendemain du spectacle en furie. Elle n'avait pas compris que je comptais participer à l'expédition parisienne.

La troisième fois qu'elle m'a demandé (en hurlant) si j'étais tombée sur la tête, je n'en pouvais plus, j'ai craqué :

— On se demande bien laquelle de nous deux est folle quand on t'entend crier, ma fille.

— Maman, je te jure que là, j'atteins mes limites. Je ne sais plus quoi faire pour te faire plaisir et tu fugues comme une adolescente en crise. Et puis où est-ce que vous avez dormi avec… comment tu dis déjà ? ta « bande » !

— Eh bien, si tu cries comme ça juste parce que j'accompagne des amis en week-end, je ne suis pas sûre que tu veuilles savoir où j'ai dormi.

— Maman !

— Paddy et moi avions réservé une magnifique chambre d'hôtel. Une chambre double. Nous avons trouvé le lit très confortable.

Je ne peux pas retranscrire sa réponse car cela ressemblait à un étranglement.

Je lui ai inventé cela pour la remettre à sa place. Bien sûr que je n'ai pas dormi avec Paddy.

Une fois de retour de l'Olympia, nous avons tous bu un dernier verre au bar de l'hôtel. Les clients n'en revenaient pas. Nous avons fait un de ces foins. Nous sommes finalement allés nous coucher vers 1 heure du matin.

Paddy m'a raccompagnée devant ma porte. Au moment de nous dire bonsoir, il m'a poliment demandé s'il pouvait m'embrasser. J'ai acquiescé (morte de trac, je l'avoue) et il a déposé un tendre et furtif baiser au coin de mes lèvres. Je suis rentrée dans ma chambre avec le cœur qui n'avait plus valsé comme ça depuis des années. Je me suis endormie en pensant à Paddy. Les choses vont si vite entre nous.

Mais bon, après tout, comme le disent les copains : « Pourquoi attendre ? »

Nous pourrions mourir demain et alors, à quoi bon laisser les heures s'écouler ?

Le moins que l'on puisse dire, c'est qu'on n'a pas la vie devant nous, n'est-ce pas ?

Au petit déjeuner samedi matin, Loulou avait la tête ailleurs, sûrement encore à l'Olympia. Nous l'avons laissé rêvasser. Pendant ce temps-là, Jo et Léon taquinaient Lucienne qui portait un chapeau bleu canard assorti à son sac à main. Le tout, bien sûr, se mariait à la perfection avec son tailleur-pantalon couleur moutarde. Mon amie était très élégante et cela faisait rire la bande.

— Madame Lucienne de Paris, nous ferez-vous l'honneur de partager le petit déjeuner avec nous ?

— La ferme, Jo !

— Mais, madame, enfin, une dame du monde ne s'exprime point comme cela. Même en s'adressant au petit peuple, a renchéri Jo.

— C'est que madame s'est encanaillée avec les petites gens hier soir, a ajouté Léon.

— J'ai mal au crâne, alors s'il vous plaît, gardez vos blagues pour… hum… cet après-midi dans le train, par exemple, a supplié Lucienne.

— Toutes nos excuses, Milady, a osé mon timide Paddy, déclenchant ainsi l'hilarité générale de la bande, Lucienne en tête.

Pour occuper les heures qui nous séparaient du retour à Lyon, Léon avait eu une idée folle. Il nous a expliqué son plan diabolique et nous sommes partis le mettre en application dans la foulée.

Nous avons pris un grand taxi et nous nous sommes rendus sur les Champs-Élysées. Comme Léon l'avait prévu, le salon de thé Ladurée était noir de monde ce samedi matin. Une file d'attente de plusieurs mètres, au bas mot une bonne heure à piétiner le bitume, s'allongeait également sur le trottoir.

Les rôles étaient distribués, il n'y avait plus qu'à.

Nous nous sommes rangés en bout de file et avons patienté une petite minute. Lucienne a alors commencé à faire semblant de pleurer.

— Je veux pas attendre. Je veux des macarons tout de suite, bouuuuuh !

Comme prévu la foule gênée s'est tournée vers nous. Léon, Paddy et moi avons pris un air désolé, et Paddy a ajouté :

— Excusez-nous pour les cris. Elle est tellement contente de venir ici.

— Je veux des macaaaaarooooons, a repris Lucienne en tapant du pied comme une enfant.

— Il faut attendre un peu, Lucienne. Nous ne pouvons pas passer devant les gens. Sois patiente.

— Je veuuuuux des macarons, ouiiiiiiin !

La file d'attente a été traversée d'un murmure embarrassé. Lucienne, au summum de l'élégance avec son chapeau en feutre et son châle croisé sur son tailleur chic, a enfoncé le clou :

— En plus, je veux faire pipiiiiii.

— Je t'avais dit, Léon, qu'avec son Alzheimer ce n'était pas une bonne idée de l'amener ici.

— Je suis d'accord avec Jeanne, a ajouté Paddy. Elle pourrait prendre mal à rester comme ça debout dans le froid.

— Je sais, mes amis, mais vous ne pouvez pas imaginer comme cela lui tenait à cœur de manger ses macarons, a soupiré Léon.

— Je veux des macarons, ouiiiiiin, je veux faire pipi, ouiiiiin, et des macarons, ouiiiiiin.

Lucienne cachait son visage de simulatrice contre la poitrine de Léon.

Avec ce cirque, nous étions sûrs d'avoir toute l'attention de la foule. Jo a poursuivi :

— Bon, écoute, ma Lucienne, je sais que tu en rêves depuis des semaines, mais il y a trop de monde, alors nous allons devoir rentrer à la maison à Lyon. Fichu Alzheimer !

Le petit miracle a mis peu de temps à se produire. En moins de cinq minutes, et d'un commun accord, les individus qui composaient la foule nous ont proposé de ne pas faire la queue et de rentrer nous mettre au chaud.

Des clients de tous les pays du monde nous ont fait une haie d'honneur et nous nous sommes retrouvés attablés à l'abri des courants d'air à passer commande.

Nous nous sommes régalés. Ce salon de thé est à la hauteur de sa réputation.

Alors que nous étions gavés de pâtisseries, macarons et autres délicieuses mignardises, Léon et Jo se sont donné un discret coup de coude pour annoncer la cérémonie de clôture de notre plan.

— Aaaaaah ! Mais c'est horrible ! Regarde !

— Oh, mon Dieu ! a commenté Léon.

Paddy s'est penché par-dessus la table pour regarder l'assiette de Jo : « *Oh my God !* »

Une des hôtesses d'accueil s'est précipitée vers nous :

— Est-ce que je peux vous aider, messieurs-dames ?

— Eh bien, regardez mon baba.

— Euh, pardon ? Je…

— Il y a un poil sur mon baba.

— Votre baba ?

— Mon baba au rhum, enfin, à quoi pensez-vous ?

Il nous a été très dur de ne pas éclater de rire, car le « poil au baba » était une improvisation dont Jo avait le secret. Mais nous ne voulions pas fiche le plan de Léon en l'air. La jeune femme a regardé le baba de Jo et a découvert, horrifiée, un long poil frisé entre la chantilly et la framboise. L'hôtesse a murmuré qu'elle revenait de suite ; saluons, ici, sa capacité à dissimuler ses émotions ; elle a délicatement ramassé l'assiette et l'a remportée en cuisine d'un pas nerveux.

Moins de trois minutes plus tard, elle revenait accompagnée du manager. Confus à son tour, il nous a offert l'intégralité de notre petite pause gourmande en nous remerciant par avance pour notre discrétion.

Nous avons feint d'être gênés et de ne pouvoir accepter mais, devant son insistance, nous avons quitté le salon de thé sans payer, le ventre plein et le sourire aux lèvres.

Lucienne et moi nous sommes bien gardées de demander qui, de Léon ou de Jo, avait dû s'arracher un poil et encore moins à quel endroit du corps il l'avait prélevé.

Nous sommes rentrés à l'hôtel récupérer nos bagages et avons filé à la gare de Lyon.

Je n'ai pas fait grand-chose depuis notre retour à la résidence. Je reste un peu chez moi à lire et à regarder des feuilletons à la télévision. Nous dînons tous ensemble le soir mais, la journée, nous avons besoin de récupérer.

Paddy est venu chez moi lundi et hier pour prendre le thé. Nous discutons beaucoup. Nous devons aller faire une promenade au parc cet après-midi après le déjeuner.

Suis-je raisonnable ? Ai-je envie de l'être ?

J'allais oublier la grande nouvelle : Jean-Louis a appelé Loulou samedi alors que nous allions prendre le train du retour. Il voulait que Loulou reste à Paris pour « parler business ». Jo me fait tellement rire lorsqu'il imite Jean-Louis disant « biiizness ». Loulou lui a répondu qu'il devait absolument rentrer se reposer chez lui et qu'il ne manquerait pas de l'appeler dès lundi.

Eh bien, le Jean-Louis, toujours injoignable, a trouvé le temps de sauter dans un train et de se radiner à Lyon à la première heure lundi matin.

C'est Gérard qui l'a amené jusqu'à la résidence. Jean-Louis a proposé à Loulou de remonter avec lui à Paris pour répondre à quelques journalistes. Il lui a surtout annoncé que, si tout se passait comme il l'espérait, il ne tarderait pas à lui faire enregistrer un disque. Nous n'en revenons pas !

Loulou a fait semblant d'hésiter. L'occasion de demander à Jean-Louis pourquoi il était si pressant. Le producteur lui a avoué qu'on parlait beaucoup de son concert dans les cercles parisiens. Jo l'imite pour se moquer : « Ça peut aller très vite, Louis, dans notre "biiizness". »

Loulou est donc reparti hier pour une semaine parisienne. On est drôlement contents pour lui, mais ça fait bizarre de dîner à cinq. C'est qu'on commence à prendre nos marques.

Après la branlée qu'elle m'a passée au téléphone, ma fille Martine ne m'a plus appelée de la semaine. C'est Rose qui m'a annoncé hier, lors de sa visite, que nous partions samedi matin direction les Alpes suisses.

Au risque de paraître ingrate, je n'ai aucune envie d'aller m'enfermer dans un hôtel avec mes enfants. Je vais essayer de passer le plus de temps possible avec mes petits et arrière-petits-enfants, avec eux au moins on peut rigoler un peu.

Et puis, il va inévitablement falloir répondre à leurs questions : « Et comment ça se fait que tu vas mieux tout d'un coup ? Et pourquoi tu sembles avoir retrouvé toute ta tête comme ça ? »

Cela me casse les pieds rien que d'y penser.

Mercredi 19 février, 17 h 45

Quel week-end ! Je suis épuisée.

Bien qu'Auguste ait réservé un étage entier du chalet/hôtel, nous étions tout de même très nombreux et, de fait, les uns sur les autres.

Je n'ai pas écrit une ligne ces quatre derniers jours. J'avais laissé mon carnet à la résidence. Trop peur que l'un de mes enfants ne mette la main dessus.

Ils en prendront connaissance un jour ou l'autre. Quand j'aurai passé l'arme à gauche, le notaire leur donnera la clé de mon coffre. Ils auront alors tout le loisir de feuilleter les dizaines de journaux intimes que j'ai noircis tout au long de ma vie. Pour l'heure, je mourrais de honte si l'un d'entre eux lisait mes secrets.

Rose est venue me chercher comme convenu samedi matin à 8 h 30 tapantes.

Le moins que l'on puisse dire, c'est qu'elle a hérité de ma ponctualité et pas de celle de son père. À 8 h 25, je l'ai vue se garer devant la résidence et, à 8 h 30 moins sept secondes (je regardais ma montre pour pouvoir la taquiner), elle a toqué à la porte.

Nous avons pris la route avec Hector et Paul, mes deux petits-fils, et Plume, une sorte de petit chien à la tête rigolote et au corps improbable. Je serais bien incapable de dire de quelle race il s'agit, si tant est qu'il s'agisse bien d'un chien.

J'étais ravie de voir mes petits-fils. Depuis la séparation de leurs parents, ils sont en garde alternée et les occasions de nous voir s'en trouvent amoindries. Surtout Paul, le plus grand. Il a quatorze ans et je dois avouer une petite jalousie à l'égard de sa grand-mère paternelle, avec laquelle il passe beaucoup (trop) de temps.

J'étais rassurée de faire le voyage avec ma benjamine car, la connaissant, il n'y avait aucun risque qu'elle me questionne sur mon Alzheimer imaginaire devant ses enfants. C'est toujours trois heures et demie de gagnées !

Entre les arrivées en décalé, les retrouvailles de toute ma marmaille et les soucis d'intendance, ils m'ont fichu la paix les deux premiers jours. Même si cela m'arrache la bouche de le dire, jusque-là, le week-end était plutôt plaisant.

Le lundi soir, en revanche, cela a commencé à se corser.

Nous étions un peu moins nombreux et, une fois tous installés au restaurant, Martine a ouvert le bal :

— Alors, maman, peut-être que tu peux nous en dire un peu plus sur ton amant hollandais ?

J'ai bien noté le dédain de ma fille, car un, ce n'est pas mon amant puisque mon époux est décédé, il n'y a pas d'adultère que je sache, et deux, confondre l'Angleterre et les Pays-Bas, faut le faire exprès.

Toute l'assistance s'est tournée vers moi, dans l'attente d'une réponse, mais sans montrer la moindre surprise à l'évocation de mon « amant ». Autant dire que notre conversation de la semaine précédente avait déjà fait le tour de la famille.

— Je suis désolée, mes enfants, cela risque de vous faire beaucoup de peine, car je sais que vous l'aimiez beaucoup, mais je dois vous le dire à présent (j'ai marqué une petite pause avant de me racler la gorge, comme pour prendre un ton plus solennel) : votre père est décédé... il y a six ans.

— Pfff, maman ! Arrête de faire la sotte, a ricané nerveusement Rose.

— Tant que vous ne nous annoncez pas que c'est Charlie le père, tout va bien, m'a chambrée le mari de Florence, toujours prêt à faire un bon mot.

Cela a détendu un peu tout le monde et nous avons attaqué la raclette.

Comme me l'ont conseillé mes amis, lorsque j'ai senti que j'allais repasser sur le gril, j'ai fait diversion. Ce qui consistait à laisser brûler tout à fait intentionnellement plusieurs morceaux de fromage dans ma coupelle à raclette et à manger comme une enfant de trois ans.

En plus de fonctionner, cela s'est révélé assez libérateur. Je n'avais encore jamais rien avalé sans y porter le plus grand soin. Cette régression a fait hurler de rire les petits-enfants d'Auguste et Marjolaine. Moi, je ricanais intérieurement de voir mon fils et sa coincée de femme leur demander de rester tranquilles.

Je me suis assurée qu'un long fil de fromage fondu pendait de ma lèvre supérieure avant de prendre la parole :

— Rohlala, laissez-les tranquilles. Ce sont des gosses. Ils sont à table depuis des heures. On s'ennuie à mourir ici. Il faut bien qu'on rigole un peu.

— Belle-maman, enfin, je vous en prie, essuyez-vous la bouche. Vous n'avez pas Alzheimer et, croyez-moi, nous en sommes tous soulagés, alors ne vous comportez pas comme une dingue, a couiné Marjolaine qui regardait de droite et de gauche si les clients des autres tables nous dévisageaient.

— Bon sang, qu'est-ce que j'ai fait pour mériter une famille rabat-joie et cul serré comme ça !

— Maman ! se sont offusqués mes quatre enfants (Hervé n'a pas pu se libérer) à l'unisson.

Je me suis levée et j'ai prié mes enfants de m'excuser, car j'étais très fatiguée.

Une fois seule dans la suite que je partageais avec ma fille Marie-Ange, ma petite-fille Corinne et les trois enfants de cette dernière, je me suis mise à tourner en rond. Je n'avais pas pris mon carnet, donc je ne pouvais pas écrire, mais je ne pouvais pas non plus allumer la télévision à cause des petits qui dormaient. Il n'était que 20 h 45 et je n'avais pas du tout sommeil. Il y avait sur le petit bureau un bloc de papier à l'effigie de la station de ski. Je me suis décidée à écrire, pour la première fois, ailleurs que dans mes précieux carnets noirs.

En cherchant un stylo dans mon sac à main, j'ai remarqué que mon téléphone portable clignotait.

Nouveau message.
Lire.

« Très chère Jeanne, j'espère que vous passez un agréable moment avec votre famille. Vous nous manquez beaucoup ici. Je compte les heures jusqu'à votre retour demain soir. Votre Patrick »

Mon cœur s'est emballé, il battait la chamade. J'avais moi aussi beaucoup pensé à Paddy ces deux derniers jours. J'ai dû m'asseoir pour recouvrer mes esprits. Ma poitrine me faisait mal, mon ventre se tortillait et mes mains étaient affreusement moites.

Bon sang ! Cela m'a sauté au visage. J'avais déjà ressenti cela trois fois auparavant.

La première fois, j'avais seize ans et un professeur particulier de piano beau à se pâmer.

La deuxième fois, ce fut pour mon André, rencontré par l'entremise de mon éternelle amie Marie-Aimée. Elle fêtait ses vingt et un ans ce jour-là et officialisait par la même occasion ses fiançailles. Celui qui allait devenir mon époux et le père de mes cinq enfants était le meilleur ami du fiancé. J'y ai, bien sûr, vu un signe. Le tableau était parfait. Je suis tombée amoureuse à l'instant même où il est entré dans le jardin où se tenait la petite sauterie de mon amie.

Et puis, il y a eu X. Je venais d'avoir trente-cinq ans. J'étais mère de quatre enfants, épouse dévouée et femme au foyer.

Des années après la mort de mon mari, et même si je sais qu'il ne lira jamais ces lignes, je ne peux toujours pas prononcer son prénom. C'est pourtant le seul que je connaisse qui commence par cette lettre, mais tant que je pense à X dans ma tête, il reste anonyme et ma culpabilité à l'égard de mon mari s'en trouve allégée.

On s'arrange comme on peut avec sa conscience quand on est infidèle.

J'ai tant écrit à son sujet. J'ai probablement rempli des carnets entiers.

Un jour, quand je serai morte, mes enfants liront ces pages et ils sauront que j'ai trompé leur père. Ils sauront que j'ai failli partir, les laisser tous les quatre avec leur père. Les abandonner.

Le jour du départ, j'avais le cœur fendu en deux. J'étais mortifiée à l'idée de laisser mes petits, mais ma tête était déjà loin de mon foyer depuis des mois. Un signe du Ciel m'a ramenée à la raison... À moins que ce ne soit la colère divine.

Que se serait-il passé si André n'avait pas fait son attaque cardiaque quelques heures avant que je m'enfuie par le train de nuit ? Est-ce que j'aurais été heureuse à Paris avec X ? Est-ce que j'aurais obtenu la garde de mes enfants, une fois l'orage passé ?

Je me suis perdue mille fois dans ces rêveries depuis près de cinquante ans. J'ai souvent pleuré en pensant à cette vie que je n'ai pas eue avec lui. Mais, chaque fois, je finis par penser à ma petite Rose. Mon bébé si sage, si timide. Ma toute petite chérie qui se blottissait dans mes bras à la moindre occasion. Qui se blottit encore souvent dans mes bras, d'ailleurs. Ma petite

Rose délicate et si coquette. Ma petite dernière. Je ne peux pas regretter.

J'ai tout sacrifié pour ma famille après cela. Marie-Aimée m'appelait la mère parfaite et me taquinait beaucoup à ce sujet. J'étais plutôt la mère coupable. Je porte encore la croix de mon adultère au fond de moi.

André a été l'homme de ma vie. X en a été le grand amour.

Et aujourd'hui, il y a Paddy. Patrick, mon nouvel ami anglais, gentleman discret, mais tellement perspicace. Sa carrure de nageur me donne envie de me blottir dans ses bras, ses yeux bleu-gris, de plonger dans ses secrets. Le moins que l'on puisse dire, c'est que je ne l'ai pas vu venir. Ni lui ni mon cœur encore capable d'aimer.

Cela faisait trois jours que j'étais avec toute ma famille et pourtant je n'avais qu'une seule envie ce lundi soir à presque 21 heures, prendre une tasse de thé avec Paddy et papoter de tout et de rien.

Il me fallait à tout prix répondre à son sms, mais je ne savais pas comment m'y prendre. J'ai fait quelques tentatives qui se sont toutes soldées par : Êtes-vous sûre de vouloir supprimer le message ?

Au bout d'une heure de vaines tentatives, j'ai entendu une petite voix qui appelait :

— Maman ? Grand-Mamie ? Il y a quelqu'un ? a demandé Iris depuis l'alcôve où elle dormait avec son frère et sa sœur.

— Oui, ma puce. Je viens, je viens. Qu'est-ce qu'il y a, ma chérie ?

— C'est Juliette, elle fait un cauchemar, je crois, regarde.

En effet, ma cocotte mignonne était en sueur et remuait dans tous les sens.

— On va lui faire un câlin pour la rassurer.

J'ai pris mon arrière-petite-fille contre moi et j'ai épongé son front avec le revers de ma manche. Je l'ai serrée sur ma poitrine et j'ai vu ses petits yeux cligner. Une fois rassurée dans mes bras, elle s'est rendormie profondément et je l'ai reposée délicatement dans son lit.

Iris m'a demandé à boire et nous nous sommes rendues dans le coin cuisine de la chambre.

Sa menotte agrippée à mon index, sa petite tête renfrognée par cette interruption nocturne, ses huit ans avaient disparu. En la regardant, j'ai pensé à sa mère Corinne et à ma fille Marie-Ange. Elles se ressemblaient beaucoup et elles me ressemblaient toutes les trois indéniablement.

Lorsqu'elle a vu l'écran de mon portable clignoter sur la table basse, Iris s'est réveillée d'un coup comme par magie.

— Grand-Mamie, t'as un message. C'est tes copains qui t'écrivent ?

— Comment tu sais que c'est un message, toi ? Et comment tu sais que j'ai des copains, coquinette ?

— C'est Mamie et Tatie Marjolaine. Elles n'arrêtent pas de dire que t'as une bande de copains comme nous à l'école. On dirait que ça les énerve, mais je comprends pas pourquoi. C'est pas grave que t'aies des amis, si ?

— Non ce n'est pas grave, ma puce.

— Je sais, je sais, c'est comme quand Benjamin, il joue au football avec les garçons du petit jardin et

130

que maman elle veut pas. Elle dit qu'ils sont pas gentils et qu'ils font faire des bêtises à mon frère. Ils te font faire des bêtises, tes copains, Grand-Mamie ?

— Non, ma mignonne. C'est simplement que tes parents s'inquiètent parce qu'ils ne les connaissent pas.

— Mais alors, ils ont qu'à les connaître pour plus avoir peur d'eux.

— C'est exactement cela, ma chérie. Allez, allez, bois ton verre d'eau, file aux toilettes et au dodo, ma puce, il est presque 10 heures.

Est-ce que je pouvais décemment dire à une petite princesse de huit ans que ses parents n'aimaient pas les enfants du parc parce qu'ils étaient d'un milieu social inférieur au nôtre ? Lui dire que son père était un gros crétin, un peu raciste en plus ? Que sa grand-mère, ma fille chérie, était une snob qui cancanait avec sa belle-sœur au sujet de mes nouveaux amis parce qu'elle avait toujours adoré les commérages ?

En sortant des toilettes, Iris m'a trouvée en train de m'escrimer pour envoyer cette fichue réponse.

— T'es en colère, Grand-Mamie, tu fais une tête toute tordue.

— Non, ma chérie. Mais Mamie est très agacée à cause de ces nouveaux engins électroniques de malheur. Je n'arrive pas à envoyer ce message et cela commence à m'agacer.

— Donne !

Bien sûr, je n'y avais même pas pensé. Mon arrière-petite-fille a attrapé le téléphone, appuyé sur deux touches et nous avons entendu un double bip qui, d'après elle, signifiait que mon message avait bien été réceptionné.

Je venais de proposer à Paddy de prendre une tisane chez moi à mon retour mardi soir. Cela signifiait entre les lignes que j'étais moi aussi impatiente de le retrouver puisque je ne voulais pas attendre jusqu'au lendemain, non ? Je ne savais plus trop à ce moment-là. Iris s'est recouchée. Je me suis endormie quelques minutes après elle sans avoir écrit une seule ligne.

À mon réveil, Paddy avait répondu :

« Ce sera avec un immense plaisir. À présent, je compte les minutes. À demain, Jeanne. »

La dernière journée s'est plutôt bien passée. Je suis restée avec Nicolas, Florence, Corinne et les jumeaux, leurs conjoints et tous les petits. Un bain de jouvence d'être à leur contact.

J'ai un peu crâné, je l'avoue, lorsque Nicolas m'a taquinée sur « la bande ».

J'ai raconté le concert de Loulou et ils ont eu du mal à me croire. Le mari de Florence a trifouillé son téléphone avant de lâcher un gros « Merde » de surprise.

— Regardez ça, j'y crois pas !

Nous nous sommes passé le téléphone de main en main et avons visionné des extraits du concert de mon ami.

C'était incroyable de pouvoir revivre cela et de le partager en images avec ma famille. Je dois bien avouer que la technologie, parfois, cela a du bon.

— Non, mais t'as vu. Il a même fait le JT de dimanche soir, le vieux. Euh, pardon, Mamie, je ne voulais pas dire cela, s'est excusé mon Nicolas.

— Bah, on n'est pas vraiment jeunes, faut dire. Encore que, Loulou a un an de moins que moi. Mais dis-moi plutôt, c'est quoi, cette histoire de journal télévisé ?

— Regarde…

Mon petit-fils m'a donné son téléphone et j'ai découvert Loulou, maquillé comme un camion volé, faisant face au présentateur et expliquant ce qui lui arrivait. À la toute fin de l'interview, il a demandé s'il pouvait passer un message personnel et il nous a salués ; nous, ses amis de la résidence. Il nous a appelés « sa bande » et nous a remerciés pour notre énergie et notre amitié.

— Surtout Jeanne, ainsi que sa fille et son gendre, pour m'avoir permis de réaliser mon rêve. Sacrée Jeanne, je te serai éternellement reconnaissant. Tu nous as rejoints il y a peu et tu t'es immédiatement rendue indispensable à notre petite bande. Je vous aime, mes amis.

Vous auriez vu la tête de mes petits-enfants.

Autant vous dire que je suis devenue le centre de l'attention familiale pour le reste de la journée. Les parties de Uno et de Rummikub se sont transformées en salon où l'on cause de Mamie Jeanne et de ses amis improbables.

Rose m'a déposée devant la résidence à 21 heures, je me suis rafraîchie après le trajet et j'ai envoyé un message à Paddy pour lui dire que je l'attendais.

Ma petite Iris m'a fait un joli dessin explicatif pour que je sois autonome avec mon portable. Ma princesse me l'a donné avant de partir en me disant :

— C'est pour écrire à ton amoureux qui boit de la tisane.

Elle m'a fait un grand sourire en me le donnant et a mis son index sur sa bouche avant d'ajouter :

— T'inquiète pas, Grand-Mamie, je sais très bien garder les secrets.

Je n'ai pas attendu Paddy très longtemps. Quelques minutes plus tard, nous nous faisions face sur le seuil de ma porte.

Nous nous sommes regardés en silence une longue minute avant qu'il demande avec sa pointe d'accent anglais qui me fait fondre :

— Bonsoir, Jane. Puis-je ?

— Bonsoir, Paddy. Vous pouvez.

Je me suis décalée pour le laisser entrer en accompagnant mes mots d'un sourire et d'un geste ample du bras en direction de la pièce principale. Je n'avais pas compris sa demande ou peut-être était-il resté vague intentionnellement. Toujours est-il qu'une fois à ma hauteur il s'est arrêté, m'a fixé droit dans les yeux avant de m'attirer contre lui pour me serrer dans ses bras. Nous sommes restés comme cela quelques... je ne saurais dire, en fait, combien de temps. Ma joue posée contre son pull en cachemire, ses bras puissants m'enveloppaient comme une étole. J'ai pensé un instant que, si je ne faisais pas attention à ma respiration, je risquais de perdre connaissance.

C'est particulier, les émotions fortes, quand on prend de l'âge. Je l'ai découvert hier soir avec notre étreinte inattendue dans mon couloir.

Son parfum était délicat et il m'a semblé deviner de la tubéreuse. Je n'avais plus senti cette odeur depuis X. Cette puissante fleur me fait décidément perdre la tête. Si ce n'est pas un signe, ça aussi. Il n'y a pas de hasard.

En buvant le thé, Paddy m'a raconté ce que j'avais manqué. Quelques anecdotes sur les résidents, le rapprochement de plus en plus imminent entre le facteur et Hélène, une brouille bénigne entre Lucienne et Léon à propos du costume de ce dernier le jour de leur mariage et, bien sûr, le retour de Loulou, la veille, pour une semaine de repos. Bon sang ! Et je ne suis partie que quatre jours !

J'ai raconté le beau temps, le bon air frais, les repas interminables entourés de mes arrière-petits-enfants grâce auxquels je redevenais une fillette de sept ans.

Nous avons passé un bon moment, sans voir les heures filer.

Au moment où je pensais que nous arrivions au terme de notre soirée, Paddy a abordé le sujet qu'il évitait depuis son arrivée.

— C'est à mon tour vendredi.

— Oui. J'ai hâte de connaître votre regret et ce que nous allons pouvoir faire pour y remédier.

— Justement, je souhaiterais vous en toucher un mot avant d'en parler devant tout le monde. Je ne voudrais pas que vous soyez surprise ou déçue par ce que je m'apprête à partager avec vous tous.

— Allons, allons, que pourriez-vous nous révéler qui me fasse changer d'opinion à votre sujet ? Un gentleman comme vous, Paddy…

Alors Paddy a raconté.

Il a commencé par son mariage heureux, fougueux, passionné. Il a évoqué ses trois enfants avec un sanglot dans la voix puis sa carrière brillante et prometteuse.

— J'avais tout pour être le plus heureux des hommes. Je l'étais d'ailleurs sûrement, mais je ne le savais pas. Je voulais plus, toujours plus. Avant quarante ans, j'avais déjà gagné suffisamment d'argent pour arrêter de travailler jusqu'à la fin de ma vie. Avec mon associé, on rachetait les quartiers déshérités de la banlieue de Manchester. On faisait semblant de reloger les familles et on construisait des pavillons pour la classe moyenne. On a touché plus d'une fois le pactole. Mais…

Je suis restée muette tout au long de son récit. Ma main dans la sienne, j'avais l'impression de sentir son pouls dans ma paume.

— En 1974, mon associé a marié son fils. Nous y sommes allés en famille. Ma Liz était la plus belle de toutes, mais je ne le voyais pas.

— Vous l'avez trompée ? C'est cela ?

— Oui, a murmuré Paddy en tentant vainement de retenir les grosses larmes qui coulaient sur ses joues.

Je me suis penchée vers lui pour en essuyer quelques-unes du revers de ma main, mais Paddy a secoué la tête de gauche à droite comme un enfant en colère.

— Non, non. Je ne l'ai pas seulement trompée, je l'ai tuée, Jeanne. Cette nuit-là, elle ne voulait pas rentrer trop tard. Elle voulait que nous soyons en forme le lendemain pour les dix ans de Mickael, notre petit dernier. Dix ans, il ne les a jamais eus, ses dix ans. Je les ai tous tués. Tous.

Bien sûr, je savais d'instinct qu'il ne les avait pas vraiment tués, mais les explications n'étaient pas assez intelligibles entre les sanglots. Je me suis aventurée sur une piste.

— Vous avez eu un accident de voiture en rentrant ?

— Non, je, euh, eux, euh… oui…

— Vous aviez bu ?

Paddy a repris son souffle puis s'est excusé pour sa perte de sang-froid. Sans essuyer ses larmes, sur un ton monocorde, le regard par-dessus mon épaule, regardant l'obscurité par la fenêtre, Paddy a expliqué :

— Il y avait cette jeune femme que nous avions embauchée quelques mois plus tôt. À l'époque, nous étions mariés depuis vingt-deux ans, plus de la moitié de ma vie. J'ai fait le con, Jeanne. J'ai attendu que ma femme et mes enfants rentrent se coucher au cottage où tout le monde avait pris ses quartiers pour le mariage et… trois kilomètres. Trois. Vous comprenez ? J'avais bu, je ne pouvais pas les raccompagner, et puis j'avais envie de rester pour… enfin… j'ai demandé à mon fils, Erik. Il avait vingt ans. L'âge que j'avais, moi, à sa naissance. Je ne lui ai pas laissé le temps de fonder sa propre famille.

Paddy perdait à nouveau son calme. Lui, que je ne connaissais que dans une parfaite maîtrise de sa personne, ne parvenait plus à contenir ses larmes ni ses mots. Il a poursuivi son récit. Ce soir-là, une fois son forfait commis avec la jeune architecte, il se sentait sale et coupable. Il a décidé de rentrer rejoindre sa famille à pied pour se rafraîchir les idées et dessoûler un peu. Sur la petite route de campagne, il a failli se faire renverser à deux reprises par des véhicules d'urgence, sirènes hurlantes. Alors il a eu un mauvais pressentiment et a couru droit devant lui ; jusqu'au tombeau ouvert qu'était devenue la voiture de course qu'il avait offerte à son fils pour ses vingt ans. Les quatre passagers sont morts sur le coup. Le bolide, encastré dans un arbre centenaire.

Paddy m'a expliqué qu'il était resté tétanisé pendant vingt-quatre heures. Puis, sans dire un mot, alors que ses parents et beaux-parents s'affairaient à préparer les funérailles, il s'est rendu à l'aéroport et a pris le premier avion.

Après quelques mois à Casablanca, il lui fallait bien rentrer « en terre maudite », comme il dit. Une correspondance d'avion peut parfois changer le cours d'une vie. Deux heures d'escale à Lyon. Deux heures pour réaliser qu'il n'était pas prêt et surtout qu'il ne voulait pas rentrer. Il se sentait toujours minable et il savait qu'il ne supporterait pas les regards de ses proches, la pitié, la compassion morbide… l'amour de ce qu'il restait de sa famille.

— J'ai envoyé un télégramme à mes parents. J'ai demandé à mon associé de boucler mes affaires en cours et je n'ai plus jamais quitté Lyon. Cela fera quarante ans l'année prochaine.

— J'imagine que votre regret, c'est de ne jamais vous être recueilli sur leurs tombes ?

— Oui. En m'installant en France, j'ai pu vivre, survivre et surmonter cette histoire. Je suis certain que je me serais… que j'aurais… je perds mon français, pardonnez-moi… j'aurais tué *myself* si j'étais retourné à Manchester. Ici, à Lyon, je pouvais m'inventer une autre vie, une autre histoire. Il m'a suffi de ne jamais mentionner mon passé. Faire comme si. Comme si j'étais venu là de mon plein gré. Je me suis vite replongé dans le boulot. On ne se refait pas ! Avec les années, j'ai enterré mes souvenirs et ma vie passée. J'ai vécu deux vies bien distinctes finalement. Une dans chacun de mes deux pays.

Dix ans après son arrivée en France, Paddy avait rencontré Domi. Il s'était d'abord interdit de convoler avec sa collaboratrice de dix-sept ans sa cadette, mais avait

138

finalement succombé. Elle était rapidement tombée enceinte et lui avait donné, encore une fois, un garçon. Thomas, le fameux chef du restaurant franco-libanais de la rue Bossuet. Bien que leur mariage n'ait pas duré, ils sont restés en excellents termes afin d'élever leur fils en bonne intelligence. Ni son ex-femme ni même son fils ne sont au courant pour sa vie d'avant, sa vie à Manchester, celle qu'il a envoyée s'écraser contre un arbre pour un vulgaire coup d'un soir.

Paddy n'avait encore jamais raconté son histoire à personne et il m'a choisie comme confidente. Je suis meurtrie pour lui et à la fois flattée de sa confiance. Est-ce mal ?

Je lui ai proposé de rester avec moi pour la nuit, en tout bien tout honneur.

Nous nous sommes allongés tout habillés sur mon lit et nous sommes endormis en nous tenant la main. Au milieu de la nuit, j'ai ouvert les yeux. Paddy avait des sanglots dans la respiration comme les bébés qui s'endorment en pleurant. Je me suis serrée contre lui, j'ai agrippé le col de sa chemise et je me suis rendormie.

Vendredi 21 février, 18 heures

Je remonte à l'instant de chez Betty. Je deviens une habituée de notre coiffeuse maison. Elle prend soin de moi et je dois avouer que retrouver ma coquetterie me fait un bien fou.

Aujourd'hui, j'ai eu droit à un soin du visage, une manucure/pédicure et même un léger maquillage.

Sur les conseils de Lucienne, j'avais pris rendez-vous en fin d'après-midi. Sinon, tout ce ravalement de façade aurait été endommagé par les cinq heures passées en cuisine avec mon amie.

Après des jours à supplier Léon, j'ai obtenu le « privilège » de préparer le dîner.

Il ne sait décidément rien refuser à sa Lucienne, qui à mon avis a largement contribué à sa sécession. Mon amie m'ayant avoué qu'elle n'avait que très peu d'intérêt pour ce qui se passait en coulisse jusqu'à ce que les plats lui soient servis, j'ai insisté pour qu'elle soit ma commise de cuisine.

— Ce n'est pas que cela ne m'intéresse pas, mais j'ai été élevée par mon père. Après la guerre, tu sais, ma mère et mes sœurs ne sont jamais revenues... Alors, c'est une dame qui nous apportait les repas à domicile. Et puis nous allions souvent au restaurant. Papa ne supportait plus trop la maison sans maman et les filles. Quand je suis devenue autonome à mon tour, j'ai perpétué la tradition familiale. J'ai respectueusement honoré les brasseries et autres traiteurs du quartier. Je ne pouvais pas faire à mon père l'affront d'apprendre à cuisiner, n'est-ce pas ? riait mon amie en épluchant les légumes maladroitement.

— Tu as raison. C'est important, de respecter l'héritage familial. Je vais t'apprendre les bases. Comme ça, tu pourras préparer de bons repas à ton Léon.

— Oui, ce sera indispensable pour notre vie maritale dans l'au-delà.

Nous avons concocté un repas gargantuesque et avons même pu apporter quelques bricks à nos amis du petit parc. Léon, qui était en charge de la livraison, n'en revenait pas.

— Mais si j'avais su, c'est toi que j'aurais embauchée comme commis. Paddy est doué. Il n'y a pas à dire, mais il est...

— Anglais ? me suis-je moquée.

— C'est cela, a ri Léon. Il lui reste des habitudes alimentaires étranges, parfois.

— J'ai nourri moins de bouches que toi, mais j'ai un peu de pratique. J'avais peur de m'être rouillée à force de me faire servir au restaurant collectif.

— Tu ne cuisines pas pour toi quand tu ne descends pas manger ?

— Si, parfois. Mais cuisiner pour soi ou pour ceux que l'on aime, ce n'est pas pareil.

Le regard de Lucienne criait : il faut commencer par s'aimer soi-même, mais ses lèvres ont dit :

— Nous aussi on t'aime, ma Jeannette.

Nous avons préparé un repas marocain. J'avais proposé l'idée à Paddy, puisque le regret qu'il allait partager avec la bande l'avait conduit quelques mois à Casablanca. Il avait bien sûr accepté. Et puis un repas typiquement anglais nous aurait certainement laissés sur notre faim.

J'ai suivi de nombreux stages de cuisine du monde dans ma vie. En racontant cela à Lucienne, mon amie m'a fait remarquer que je me plaignais de ne pas avoir fait d'études supérieures, mais que c'était une sorte de parcours d'apprentissage en pointillé, ces innombrables cours de cuisine. Je n'avais jamais vu les choses sous cet angle, mais cela me plaît bien.

Dimanche 23 février, 10 heures

Impossible d'écrire une ligne hier. Je crois que je tombe un peu malade. À mon avis, j'ai pris un coup de froid. Et tout le vin que nous avons bu vendredi soir n'a sûrement pas aidé.

Lorsque Paddy a raconté son histoire aux copains, il n'a pas réussi à tout dire. Il a raconté l'accident, sa famille décédée et sa fuite en avant. L'adultère coupable n'avait finalement que très peu d'intérêt dans ce récit.

Existe-t-il seulement un mot pour consoler un tel chagrin ?

Paddy a parlé de son enfance et son adolescence pour la première fois depuis que je le connaissais et, apparemment, personne de la bande ne l'avait encore jamais entendu raconter sa vie d'avant.

Nous avons tout fait pour passer un bon moment malgré le regret de Paddy qui nous pesait à tous sur le cœur. Nous avons sûrement bu un peu plus que de raison.

Je suis restée couchée presque toute la journée d'hier.

En début de soirée, Paddy est monté regarder une émission avec moi, mais comme je toussais un peu, nous avons préféré nous séparer pour la nuit.

De toute façon, je ne sais pas trop comment m'y prendre de ce côté-là, enfin je veux dire avec le sexe et tout ça. Paddy semble également marcher sur des œufs. On n'est pas rendus.

En quittant mon studio, il a déposé un doux baiser au coin de mes lèvres, a planté ses yeux bleu-gris au fond des miens et a murmuré un remerciement. J'avais envie de lui demander de quoi il me remerciait, mais je l'ai simplement attiré contre moi pour qu'il me serre dans ses bras. J'aime nos silences complices.

Dimanche 23 février, 18 h 45

Moi qui pensais passer la journée tranquillement devant la télévision pour me remettre de mes émotions des dernières semaines. Rohlala, quelle journée !

Paddy et Lucienne sont venus prendre de mes nouvelles et m'apporter une délicieuse soupe à l'oignon. Cet homme est tellement chic. J'ai mentionné ce plat que j'adore il y a quelques jours alors que nous parlions cuisine, et il s'est affairé ce matin pour m'en préparer une.

Nous avons bu le café avec mes amis puis Lucienne s'est excusée : elle ne voulait pas être en retard au restaurant où l'attendaient Léon et son fils tout droit arrivé de Guadeloupe pour rencontrer la « promise de son papa ».

Nous sommes donc restés à bavarder avec Paddy de tout et de rien, mais surtout de cuisine, notre passion commune, comme souvent.

J'avais complètement oublié que je devais déjeuner avec mes enfants.

Marie-Ange, Martine, Hervé et Rose avaient organisé un brunch dominical avec quelques-uns de mes petits-enfants. Cela m'était sorti de la tête. Tout simplement !

Lorsque Marie-Ange a toqué à ma porte et m'a trouvée en train de boire l'apéritif avec Paddy, j'ai cru qu'elle allait nous faire une descente d'organes à force de hurler que j'étais en retard. Je n'avais jamais vu ma fille dans un tel état.

Je n'ai pas dit un mot mais, lorsque Paddy a fait mine de se lever pour nous laisser seules, j'ai attrapé sa main et j'ai dit calmement :

— Ma chérie, je te présente mon ami Patrick. Nous l'appelons tous Paddy. Paddy, voici ma fille Marie-Ange. Est-ce qu'une petite bière te ferait plaisir, ma chérie ? Assois-toi donc.

Pour trouver encore un peu plus d'assurance, je m'imaginais racontant la scène à Lucienne. Est-ce qu'elle allait me répondre, comme si souvent, que je devais arrêter de me soumettre aux attentes de mes enfants, de la société, aux attentes que tout le monde avait de la Jeanne d'avant ? Au diable, la Jeanne d'avant !

Mon mari puis mes enfants et puis qui ? quoi encore ? Peut-on passer sa vie à se soumettre par simple peur d'assumer qui l'on est ?

Ma fille ne l'entend pas de cette oreille, malheureusement.

— Mais parce que vous buvez, en plus ? En pleine journée ? Dites-moi que je rêve !

— C'est une bière sans alcool pour moi, chérie. En revanche, Paddy boit une bière alcoolisée en effet. Tu sais, c'est l'heure de l'apéro. Tu bois l'apéro, toi aussi ? Si je n'avais pas oublié notre déjeuner, nous serions peut-être déjà attablés autour d'un verre de vin au restaurant, non ? Alors quoi ? Nous, nous n'avons pas le droit ? Et pourquoi ça ? Paddy est anglais, cette bière, c'est un peu notre vin. Ah, mais non ! Le problème, c'est notre âge, n'est-ce pas ? Tu crois que, parce que nous avons quatre-vingts ans, nous n'avons pas le droit de boire un petit coup de temps en temps pour nous détendre ?

— Vous détendre ? Mais de quoi ? Parce que tu es stressée peut-être ? Tu travailles trop sûrement ? Et puis, tu n'as pas quatre-vingts ans, mais quatre-vingt-un. Bientôt, quatre-vingt-deux, d'ailleurs. Mais tu l'as peut-être oublié, ça aussi, hein ? Et, bon sang de bonsoir, comment peux-tu ne pas te rappeler notre déjeuner en famille ?

— C'est bon, tu as fini ? Alors non, nous ne sommes pas stressés, ma chérie. Plus le moins du monde ! Sauf quand tu viens beugler chez moi. Tu sauras que l'alcool ne sert pas qu'à oublier ses problèmes. C'est aussi un moyen de partager de bons moments entre amis. Nous avons d'ailleurs passé une excellente soirée vendredi dernier à boire du vin marocain, beaaaucoup de délicieux vin marocain. (Ma fille était à deux doigts de tourner de l'œil.) Ensuite, je n'ai pas oublié que je vais avoir quatre-vingt-deux ans début avril. Le 7, c'est bien ça ?

— Maman !

— Mais je plaisante ! Je connais encore ma date de naissance, bougresse.

— Maman !

— Le 6 avril. D'ailleurs, je pensais peut-être organiser une petite sauterie dans la maison du Luberon avec quelques amis. Enfin si ton frère et toi ne l'avez pas vendue en cachette. Quant à notre déjeuner, je l'ai oublié en effet. Je suis désolée. Sincèrement. C'est que, ces derniers temps, j'ai beaucoup de choses à penser. Roooh, et puis, ce n'est pas comme si toi et tes frères et sœurs, vous n'aviez jamais raté un dîner, une fête des mères, un anniversaire, que sais-je ? Mes enfants parfaits ! Excusez-moi de vous décevoir.

Paddy a attendu que je termine pour retenter sa chance :

— Je vais vous laisser. Je ne devrais pas être au milieu de vos histoires.

— C'est cela. Merci et bonne journée, monsieur ! lui a lancé ma fille.

— Paddy, je souhaiterais que vous restiez avec moi pour goûter cette délicieuse soupe à l'oignon que vous m'avez apportée. Marie-Ange allait partir, de toute façon.

J'ai cru qu'elle versait.

— Je, euh, oui, c'est cela, je préfère m'en aller que de voir ça !

— Voir quoi, ma chérie ? Que ta maman déjeune avec un gentleman qui lui a cuisiné une soupe qui sent délicieusement bon. Sais-tu seulement pourquoi mon ami m'a apporté ce plat ? Non ! Suis-je bête ! Tu ne le sais pas. Pas plus que ta fratrie d'ailleurs, puisque aucun de vous n'a pris la peine de prendre de mes nouvelles depuis mardi. Je suis un peu souffrante, ma chérie. Alors, je te serais reconnaissante d'aller rejoindre les autres au restaurant, de leur transmettre chacun des mots que je viens de t'adresser, car ils valent pour eux tous. Ensuite, si, et je dis bien si, vous êtes disposés à accepter que, derrière l'épouse et la mère de famille dévouée que vous avez toujours connue, il y ait simplement une femme, alors je vous saurai gré de venir prendre le thé avec moi. En attendant, Paddy et moi, nous allons passer à table. Au revoir !

Ma fille est restée bouche bée quelques minutes et a tourné les talons. Je pensais que nous étions tranquilles, mais elle a fait demi-tour pour me hurler dessus :

— Une femme ? Tu es une femme maintenant ? Mais enfin qu'est-ce qui ne tourne pas rond chez toi ? Tu as quatre-vingt-deux ans. Qu'est-ce que tu attends de la vie ?

— Je n'attends rien, chérie. J'ai attendu toute ma vie, justement. Je comprends seulement maintenant qu'il n'y a rien à attendre. Il faut tout aller chercher par soi-même. Tu passes ta vie à attendre que la roue tourne. Eh bien, tu sais quoi, la roue, c'est à toi de la faire tourner. C'est bête parce que moi, ça, je ne le comprends qu'aujourd'hui.

— À la fin de ta vie ? Est-ce qu'il y a seulement un nom pour qualifier ta crise, là ? Après le démon de midi, le démon de deux heures du matin ? Tu comptes lancer la mode du cinquième âge ?

Je me suis retenue pour ne pas lui vider mon verre de bière au visage. J'ai pensé à Lucienne et j'ai poursuivi calmement.

— Alors, imaginons qu'à l'instar de Mamie Émilie je vive jusqu'à quatre-vingt-seize ans. Il me resterait donc quinze ans à vivre et je devrais attendre sagement que mes sales gosses daignent me trimballer en vacances ou m'inviter à un déjeuner dominical ?

— Tu n'es qu'une ingrate, maman. Même Monsieur Boris dit que tu as de la chance d'avoir une famille unie qui te rend visite tout le temps. Il sait de quoi il parle, il doit en voir, des vieux qui ont de vrais « sales gosses », comme tu dis.

Ma fille a soufflé de colère avant de partir en claquant la porte comme une adolescente. Et c'est moi qui fais une crise !

Nous avons déjeuné en silence avec Paddy. La soupe était délicieuse.

Toutes les cinq minutes, il me souriait en plissant les yeux. Sans dire un mot, je savais que c'était sa manière de s'assurer que j'allais bien. Toujours sans prononcer quoi que ce soit, je hochais la tête en lui souriant pour le rassurer.

Ensuite, nous nous sommes assoupis une petite heure. Moi dans mon lit et lui sur le fauteuil juste à côté.

Un peu avant 15 heures, Paddy s'est réveillé en sursaut pour aller rejoindre son fils et sa belle-fille. Ces derniers devaient mettre fin au suspense des trois derniers mois et lui dire si son premier petit-enfant serait un garçon ou une fille. Paddy trépignait depuis la veille.

J'ai allumé la télévision et fait semblant de m'intéresser à ce qu'il s'y jouait.

Vers 15 h 30, j'ai reçu un appel de Nicolas. De fil en aiguille, j'ai compris qu'il se trouvait en bas de la résidence et je l'ai, bien sûr, invité à monter.

— Je ne suis pas tout seul, tu sais.

— Encore mieux. Tu es avec les petits. Montez vite, je vais faire un chocolat chaud.

— Non, non, je suis avec Florence…

— Allez, allez, je mets le lait à chauffer.

— Avec Florence, Corinne et les jumeaux…

— Vous préférez aller prendre le goûter dans un salon de thé. C'est vrai que c'est petit chez moi. Mais c'est qu'il commence à pleuvoir.

— Euh… tu préfères pas regarder par la fenêtre, s'il te plaît, Mamie ?

Ils étaient agglutinés sous des parapluies multicolores qui juraient dans la grisaille du ciel lyonnais. J'ai compté : Nicolas, Florence et son mari, Corinne et les jumeaux d'Hervé. Sous un autre parapluie, Martine et son mari Gérard, mais aussi Quentin, Valentin et Belle, leurs trois enfants. À leur droite se tenaient Rose, Hector et Paul. Je cherchai Marie-Ange avant de l'apercevoir derrière Corinne, abritant Iris, Juliette et Benjamin sous un second parapluie à l'effigie d'un gros chat rose. Auguste tournait en vain pour garer sa tapageuse voiture de sport.

Nicolas a mentionné une longue discussion de famille et un débat houleux.

— Je… je ne sais pas quoi dire.

Nicolas a ri avant de me taquiner sur le fait qu'un peu plus tôt je mâchais moins mes mots avec Marie-Ange.

— Allez, descends, vieux chameau, on va se faire un petit éclair au chocolat chez Bernachon.

— Une religieuse au café, l'a corrigé ma Florence par-dessus son épaule.

Nous avons envahi le salon de thé, tels des supporters de football. La clientèle présente n'a pas tardé à comprendre que nous étions en train de privatiser sauvagement le lieu.

J'ai eu droit à des accolades à n'en plus finir, des bisous des plus petits et des pâtisseries à faire pâlir la diététicienne de la résidence.

J'espère que mes enfants ont enfin compris que je ne peux plus me contenter de ce que j'avais. Je ne regrette pas ma vie, loin de là. J'en suis fière, même, et cela grâce à mes discussions avec Lucienne. J'ai été une épouse et une mère tout au long de ma vie, mais mon mari n'est plus et mes enfants sont grands. Alors que reste-t-il de celle que j'étais ?

Je me suis perdue ces derniers mois. J'ai feint d'être quelqu'un d'autre, j'ai sûrement un peu craqué même, mais bon sang, je me sens si légère aujourd'hui.

J'ai simplement envie de vivre pleinement « ma fin de vie ». Est-ce une folie ?

P.-S. : Le voyage à Manchester est programmé le week-end prochain. La semaine promet d'être mouvementée pour tout mettre en place avant notre séjour anglais.

Mercredi 26 février, 14 heures

La vie va à cent à l'heure depuis que j'ai rencontré la bande.

Lucienne dit qu'avant que je rejoigne notre joyeuse troupe, l'ambiance était différente. Elle aussi trouve que tout s'est accéléré depuis un mois.

Mon amie m'a expliqué comment se font et se défont les dynamiques de groupe. C'est passionnant de l'écouter disséquer notre amitié.

J'ai pourtant été mariée à un psychiatre pendant des années, mais je trouvais toujours pénible d'écouter André parler de son travail. Peut-être parce qu'il me mettait toujours de côté. Au tout début de notre mariage, il était bien forcé de s'entretenir avec moi, mais il s'écoutait plus parler qu'autre chose. J'ai toujours senti son sentiment de supériorité à mon égard. Je lui accorde qu'il était bien plus intelligent que moi. Il était bardé de diplômes, mon André, mais je ne sais pour quelle raison il m'a toujours jugée futile.

Peut-être qu'avec les années j'ai fini par y croire moi-même.

Bon, ne ressassons pas le passé en vain.

Dimanche dernier, j'ai tout de même eu droit au grand *mea culpa* de mes sales gosses. Il se pourrait bien que nous soyons réconciliés.

Ils ont apparemment bien réfléchi et ne voient pas d'objection à ce que je fasse ce que bon me semble. Enfin, Marie-Ange a posé la condition que l'un d'entre eux soit toujours au courant d'où je me trouve et avec qui. Rose a demandé aussi que je garde un peu de temps pour eux. Elle est tellement mignonne, ma Rose. Comme si je pouvais complètement me passer d'eux. Martine a proposé de continuer à gérer mes comptes. Elle s'en occupe depuis que je suis à la résidence. C'est le moment où cela a failli basculer.

— Je ne suis pas une enfant. Je n'ai pas besoin qu'on gère mes comptes.

— On sait bien, maman, mais tu as une petite tendance à jeter l'argent par les fenêtres, tu le sais, non ?

J'ai cru que j'allais sauter à la gorge de Martine.

— Ton père a passé sa vie à dire ça. Tu sais ce que c'était, pour lui, jeter l'argent par les fenêtres ? C'était vous acheter de beaux vêtements, vous offrir ce qui me semblait être le mieux pour vous. Chaque fois que j'achetais des chaussons de danse pour toi ou une raquette de tennis pour Hervé, il me servait la même soupe : je jetais l'argent par les fenêtres. Remarque, tu ne fais que ressasser les conneries que tu as entendues toute ta vie, je ne peux pas t'en vouloir.

— Reconnais au moins que, depuis quelques semaines, tu as des frais inhabituels. Marjolaine, donne-moi la liste que nous avons faite à midi, s'il te plaît.

Ma belle-fille a tendu un morceau de papier froissé sur lequel Martine avait noté mes dépenses de son écriture appliquée de psychorigide.

— Séjour à Paris : 725 euros, course chez Bahadourian : 237 euros, coiffeur pour le mois de février : 190 euros.

— Ça va, ça va. Au risque de te provoquer un AVC, je compte bien ajouter à mon ardoise un week-end à Manchester. Prévois un petit billet de 500 pour la semaine prochaine.

— Manchester ! Non mais, n'importe quoi ! Et on peut savoir ce que tu vas faire en Angleterre ? Non, attends, laisse-moi deviner, une escapade romantique avec Paty ? a demandé Auguste d'un air faussement outré.

— Paddy, chéri, il s'appelle Paddy, mais si cela te semble trop familier, appelle-le Patrick. Bon, bon, et si je vous laisse gérer mes comptes, cela marche comment ? Je dois demander de l'argent de poche chaque semaine ?

— Tu me dis de combien tu as besoin et pour quoi faire, et puis c'est tout. Ce n'est tout de même pas très compliqué.

— Ce n'est pas compliqué, c'est humiliant ! Je suis votre mère, bon sang ! Qu'est-ce qui ne tourne pas rond chez vous ? Ce n'est pas à vous de me dire ce que je dois faire et si je peux le faire.

— Maman, ne t'énerve pas. Nous parlons calmement.

— C'est vrai, Rose chérie. Pardonne-moi, je m'emporte. Alors je vais être claire : je suis ta mère, je suis peut-être âgée, peut-être même très âgée, mais contrairement à ce que j'ai laissé croire ces derniers mois, je ne perds pas du tout la boule. Je vais même très bien de ce côté-là.

— Nous y voilà ! Amen ! Enfin, tu avoues que tu t'es foutue de nous, a grogné Marie-Ange.

— Oui. Et puis quoi ? Vous allez me jeter en prison pour mensonge ? Suis-je bête, c'est déjà ce que vous avez fait en m'abandonnant à la résidence.

— Tout de suite les grands mots, s'est indignée Marjolaine. Vous n'avez pas plus d'Alzheimer que…

— Que vous n'avez de cœur, bande d'ingrats.

Brouhaha et indignation générale. J'ai attendu que le calme revienne pour poursuivre.

— Oui. J'étais très en colère et je m'ennuyais beaucoup.

— Et donc sans scrupule, tu as fait croire que tu débloquais pour pouvoir nous le faire payer, a grogné Marie-Ange.

— Et donc sans scrupule, ai-je singé ma fille, vous avez eu l'excellente idée de me jeter en maison de retraite ?

— Tu n'arrêtais pas de dire que tu t'ennuyais dans ce grand appartement, que tu aimerais voir plus de monde. On a pensé que tu voulais vivre avec d'autres vieux, enfin, d'autres gens de ton âge, a tenté Rose.

J'ai cru que j'allais perdre mon sang-froid en entendant ces mots. Je me suis retenue de hurler. J'ai baissé les yeux et, dans la cacophonie ambiante, j'ai murmuré :

— C'est vous que je voulais voir plus souvent, bande de crétins.

La suite m'a rappelé nos premières discussions sur mon placement en maison de retraite. Ils parlaient tous, se justifiaient, pendant que moi, impuissante, je rongeais mon frein à me demander ce que j'avais fait pour mériter d'être traitée de la sorte. À nouveau, je n'avais plus qu'une solution : abdiquer.

J'ai clos le débat et accepté la gestion de mes comptes bancaires par ma fille.

Non pas que je sois revenue à la raison, mais j'ai toujours mon compte bancaire secret. Il allait m'être bien utile à présent.

Il y a quarante ans, après ma fuite manquée avec X, j'ai réalisé que je dépendais entièrement de mon mari du point de vue financier. Qu'avions-nous, pauvres bonnes femmes, comme solution à l'époque ? J'étais dépendante de mon mari. Je l'aurais quitté pour être à la charge de mon amant ? En dernier recours, je pouvais retourner sous la coupe de mon père.

Au milieu des années soixante, la loi a enfin autorisé les femmes à gérer leur propre argent en ouvrant un compte bancaire. Au milieu des années soixante !

Je me demande encore pourquoi je n'ai pas sauté sur l'occasion comme l'ont fait la plupart de mes amies. Marie-Aimée en tête.

Je crois qu'à l'époque je n'ai pas vraiment saisi ce que représentait cette avancée de la loi. Peut-être qu'au fond je me disais que ce n'était pas si mal d'être coincée dans mon foyer. C'était comme un frein à une quelconque fuite en avant et, finalement, c'était rassurant.

Ce n'est qu'à la mort de mon père, en 1974, que j'ai eu mon premier compte bancaire. Maman m'a tirée par la manche jusqu'à la banque et nous avons ouvert un compte en secret. Elle y a déposé une grosse somme en espèces que papa et elle gardait pour moi « au cas où ».

Ma mère laissait ainsi entendre qu'ils avaient envisagé, un temps, qu'André et moi pouvions nous séparer et que j'aurais alors besoin d'un soutien financier. Avec quelques années de retard, ils voyaient juste. Je me suis toujours demandé ce qui leur avait mis cette idée en tête.

Nous avons joué au couple parfaitement uni tout au long de notre vie. Pas une faille visible. Notre duo ressemblait à ces gâteaux au glaçage effet miroir. Doux, lisse, brillant, systématiquement décevant.

Jeudi 27 février, 18 h 30

Aujourd'hui, c'est l'anniversaire de Marie-Aimée. Je lui ai passé un coup de fil.

Bon sang ! Cela m'a fait un bien fou d'entendre sa voix. Elle est si dynamique. Elle n'a pas changé de ce côté-là.

Depuis le temps que j'ai récupéré mon répertoire téléphonique, je n'en avais fait aucun usage. Martine dirait : « C'était bien la peine d'en faire tout un foin. »

Pas faute d'avoir passé des heures entières à parcourir le carnet et les noms qui composaient toute mon ancienne vie sociale.

Je ne sais pas. C'est un peu comme si le fait d'avoir rencontré la bande me suffisait désormais. Peut-être que je crains aussi un peu le regard que mes anciens amis pourraient porter sur celle que je suis aujourd'hui. Les gens n'aiment pas que l'on change. Cela perturbe leurs certitudes, les renvoie aussi un peu à leur propre inertie sans doute.

Il n'y a pas si longtemps encore, j'étais moi aussi réfractaire aux bouleversements.

Quand on me rapportait qu'Untel était devenu très pieux à la suite d'un deuil, ou très fidèle après une séparation temporaire, ou que sais-je encore, j'étais toujours sceptique.

Je croyais jusqu'à il y a peu que l'on ne pouvait pas vraiment changer. Que cela cachait forcément quelque chose. Depuis que j'expérimente moi-même ma grande remise en question, je sais avec certitude que l'on peut changer, à tout âge, et même du tout au tout. Si on le veut vraiment ou si on fait les bonnes rencontres.

Si j'avais peur d'appeler mes amis d'avant, je craignais surtout plus que tout de parler à ma très chère et adorée Marie-Aimée. Je l'ai, heureusement, trouvée fidèle à elle-même : caustique et boute-en-train. Toutefois, je ne peux m'empêcher de noter une petite résignation dans ses propos.

Je lui ai touché quelques mots à propos de la bande et de notre voyage à Paris.

C'est incroyable, elle connaissait déjà Loulou, enfin le Roi Louis, comme on l'appelle désormais dans les médias. Je n'étais pas peu fière.

J'ai évoqué notre prochain week-end à Manchester, mais Marie-Aimée m'a interrompue, son infirmière n'allait pas tarder à arriver, elle devait raccrocher.

Nous sommes convenues de nous voir la semaine prochaine. Elle vient rendre visite à sa petite-fille et, au passage, à son cardiologue, à moins que ce ne soit l'inverse.

En raccrochant, elle a répondu : « Si Dieu veut » à mon : « À la semaine prochaine, ma chérie. » Cela m'a laissée sans voix. Mon amie s'est toujours vantée d'être une indéboulonnable athée. Peut-être qu'en vieillissant elle revient sur certaines de ses certitudes ? À moins que je me fasse tout un cinéma d'une banale expression.

Sinon, ce midi, j'ai déjeuné en tête à tête avec Lucienne. Les hommes sont allés au cinéma et ont décidé de manger des fruits de mer aux Halles.

À l'heure du café, Hervé nous a rejoints. Il était de passage à Lyon pour ses affaires.

Je suis vraiment fière de lui. D'autant que Lucienne a trouvé qu'il était charmant et qu'il semblait avoir la tête sur les épaules.

Quand je pense à quel point nous nous sommes inquiétés pour lui avec André. Ce petit s'intéressait à tout, mais jamais très longtemps. Il a fait trois premières années à l'université. Pas qu'il soit en échec, il passait chaque fois haut la main, mais il se lassait de la matière et changeait d'orientation comme de chemise. Il a toujours été brillant, mais a passé une bonne vingtaine d'années à se chercher. Et puis, un jour, il nous a demandé de nous porter caution pour qu'il achète un lopin de terre dans la Drôme. André n'a rien voulu entendre, le taxant d'éternel perdant. Dans son dos, maman et moi avons répondu favorablement et une partie de mon héritage parental lui a directement été versée, à l'insu de toute la famille.

Résultat, quinze ans plus tard, il est à la tête d'un des vignobles les plus prisés de la Drôme.

Hervé a profité de sa visite pour me proposer de passer un week-end chez lui le mois prochain. Apparemment, il souhaite me présenter sa fiancée. Enfin !

Après ce charmant moment, nous sommes allées faire du shopping avec Lucienne. Je n'avais plus mis les pieds dans mon quartier depuis des mois et cela me manquait. Comme mon amie est une très chouette personne, elle avait noté mon envie et a donc demandé au taxi de nous déposer sur la place de la Croix-Rousse. Sa délicate attention m'a beaucoup touchée.

Quand je l'ai remerciée, elle a prétendu que c'était un hasard et que le magasin de robes de mariée qu'elle voulait absolument visiter se trouvait dans le quartier. Étonnant, car elle semblait n'y avoir jamais mis les pieds et à peine savoir le localiser dans la Grande Rue.

Elle était majestueuse dans sa robe. Les vendeuses n'en revenaient pas.

— On a rarement vu des femmes aussi sublimes dans leur robe nuptiale. Je vous jure. Certaines jeunes mariées de vingt ans ne vous arrivent pas à la cheville.

— C'est vrai que je ne suis pas mal conservée et pas trop mal foutue pour mon âge.

Lucienne n'a pas arrêté de faire rire les vendeuses et, comme d'habitude, son enthousiasme a été contagieux.

Nous nagions dans la bonne humeur quand mon amie a demandé :

— Dites, est-ce que vous auriez des robes de demoiselles d'honneur pour mon amie ici présente ?

J'ai sursauté.

— Ha ha, laisse-moi tranquille. Je n'ai plus l'âge de…

— Biiiiiip.

J'avais encore cette fâcheuse manie de dire que je n'avais plus l'âge de faire quelque chose. Expression strictement interdite par le règlement imaginaire de notre bande de vieux schnoques.

— Disons alors que je ne suis plus « foutue » pour porter une robe de demoiselle d'honneur qui attirera l'attention sur moi. Dites-lui, mesdemoiselles, s'il vous plaît.

Au lieu de m'aider, l'une des vendeuses a jugé « indiiispensable » de me faire essayer une robe jaune vif que seule la respectable reine Élisabeth d'Angleterre pourrait se permettre sans ressembler à un vieux poussin.

Elles ont tellement insisté que je l'ai enfilée pour leur faire plaisir.

Une fois en cabine, mon amie s'adressait aux vendeuses suffisamment fort pour que je puisse suivre la conversation. À cloche-pied pour passer la galerie de frou-frou de la robe, j'ai bien failli perdre l'équilibre.

— Remarquez, je dis demoiselle d'honneur, mais je n'y connais rien, moi, à ces trucs de mariage. Ça sert à quoi exactement ? Je confonds peut-être demoiselle d'honneur et témoin. Est-ce que c'est la même chose ?

À moitié nue, j'ai passé la tête de l'autre côté du rideau. Lucienne était postée devant la cabine, les poings sur les hanches. D'un mouvement de menton, elle a demandé :

— Alors ?

— Euh… alors quoi ? Je suis désolée, mais…

— Et un euro ! Un !

— Roooh… tu es infatigable, ma Lucienne. Je, tu, tu veux que je sois…

— Mon témoin. Oui je voudrais que tu nous fasses l'honneur d'être le témoin de notre mariage.

— Je suis ravie, mais tu ne préférerais pas quelqu'un que tu connais depuis plus longtemps ?

— Eh bien, nous avons réfléchi avec Léon et nous en sommes arrivés à la conclusion suivante…

Lucienne s'est reculée de quelques pas et s'est éclairci la voix pour être sûre d'être entendue par l'assemblée présente. Elle faisait cela chaque fois qu'elle s'apprêtait à présenter une théorie et même parfois simplement avant de lancer un bon mot. Elle dit que c'est une déformation professionnelle acquise à force de parler dans des amphithéâtres remplis d'étudiants.

— Voilà l'idée : je pourrais choisir un vieil ami. Oui, ce serait un homme dans tous les cas, je n'ai pas tellement de vraie amie femme. Quelqu'un que je connaîtrais depuis une cinquantaine d'années. Tu me diras, le tri va être rapide, ils sont tous tombés comme des mouches ces dix dernières années. Bon, je l'avoue, il y a bien un ou deux de mes petits thésards qui seraient ravis de me rendre ce service, mais soyons objectifs. Toi et moi, on va se connaître plus longtemps que cinquante ans ma vieille. Crois-moi, s'il y a un « au-delà », a dit mon amie en mimant des guillemets avec ses doigts et une grimace, alors toi et moi nous allons rester amies jusqu'à la fin des temps. Arrête de me faire languir et dis-moi, vieille peau : veux-tu, oui ou non, être mon témoin ?

Sa déclaration d'amitié m'a serré le cœur et fait battre le sang dans les tempes. Bien sûr que j'acceptais d'être son témoin, j'acceptais aussi son amitié pour cette vie et pour celle d'après.

Je suis sortie de la cabine, la robe à moitié enfilée. J'ai failli trébucher et Lucienne m'a rattrapée par le bras. Nous nous sommes regardées droit dans les yeux et je l'ai attirée vers moi pour la serrer très fort. Je n'ai pas réussi à retenir mes larmes.

— Bien sûr, vieille bique, que j'accepte. C'est un honneur, même. Merci, merci, merci…

Samedi 1er mars, 12 h 30

Quel bonheur de reprendre l'avion. La dernière fois, André était encore de ce monde et nous allions rendre visite aux jumeaux, qui faisaient une année d'études à Montréal. Le séjour avait été sympathique et nous avions beaucoup aimé le Québec.

Dans la salle d'embarquement, Paddy nous a interpellés.

— Bon, ça suffit, les amis. Contrairement à ce que vos têtes laissent penser, nous n'allons pas à des funérailles. Ils sont morts et enterrés depuis longtemps. Alors s'il vous plaît, soyez vous-mêmes !

— C'est vrai, Paddy. Je suis désolé, a dit Jo en lui tapant amicalement dans le dos.

— Est-ce que l'on pourrait simplement se dire que nous partons prendre du bon temps à Manchester et que nous ferons un saut au cimetière à cette occasion ? Voyez cela comme un voyage scolaire, s'est amusé Paddy.

Il a raison. Nous sommes tellement touchés par son drame familial que nous ne parvenons pas à nous comporter normalement avec lui depuis la semaine dernière.

Dans l'avion, j'étais assise à côté de Lucienne. Cela fait déjà quelques jours que je devine sa curiosité au sujet des rendez-vous galants que nous avons eus avec Paddy. Jusque-là, elle avait su contenir son indiscrétion. Jusque-là…

— Bon, je n'en peux plus, raconte-moi tout. Vous en êtes où, avec Paddy ? Vous l'avez fait ?

— Mais, euh, enfin, je t'en prie. Fait quoi ?

— Dis-moi ! Ne joue pas la sainte-nitouche. Tu sais bien de quoi je parle. Est-ce que vous avez couché ensemble ?

— Mais… cela ne te regarde pas.

— Sainte Jeanne, arrête ta pudeur mal placée avec moi. Je sais que tu meurs d'envie de te confier à quelqu'un. Je suis tout ouïe.

Mon amie a détaché sa ceinture et a pivoté son bassin entièrement vers moi. Ses yeux brillaient comme ceux d'une petite fille le matin de Noël.

— Nous nous sommes simplement embrassés quelques fois. Nous nous tenons la main et…

— Ne me fais pas croire qu'il s'est rien passé quand il a dormi chez toi.

— Eh bien, au risque de te décevoir, il ne s'est rien passé. En tout cas, pas ce à quoi tu penses.

— Ah, donc vous vous êtes quand même un peu… enfin tu vois…

Une mère de famille a bondi du siège de devant et nous a fusillées du regard. Quand elle a vu nos têtes et qu'elle en a déduit nos âges, elle s'est liquéfiée. Nous avons pouffé de rire comme deux gamines. Bon sang ! Que cette amitié me fait du bien. Je ne suis plus la même et c'est tant mieux.

Lucienne voulait jouer cartes sur table, j'ai sauté sur l'occasion :

— Confidence pour confidence.

— Très bien. Demande-moi ce que tu veux.

— Pourquoi est-ce que tu ne t'es jamais mariée ? Je veux dire pour de vrai. Ne me sors pas tes excuses toutes faites.

— Ce n'est pas mon genre, les phrases toutes faites, s'est offusquée mon amie.

— Tu en es certaine ? *J'ai pas eu le temps. Trop de travail. J'ai eu tellement d'amants que je n'ai jamais su choisir.* Quoi d'autre ? Ah oui : *Pourquoi acheter une vache quand on veut juste boire un verre de lait* ? Bla-bla-bla !

— Ha ha ! La dernière n'est pas de moi.

— Exact ! C'est de Jo quand il parle du facteur et d'Hélène. Ne change pas de sujet, ma Lucienne.

— Il y a bien une raison, mais tu ne veux pas l'entendre, je t'assure.

— Je peux tout entendre de toi.

— Non. Je préfère garder mes fantômes pour moi. Je n'aime pas parler de cela, tu le sais bien.

— Oui, je le sais, et je le regrette.

Lucienne s'est redressée sur son siège, s'assurant ainsi que nos regards ne puissent plus se croiser.

— Dans le convoi de Drancy à Auschwitz, il y avait ce jeune couple avec un minuscule bébé. Cela faisait déjà vingt-quatre heures que nous étions partis et le petit pleurait beaucoup. À un moment, le train s'est arrêté et le père est descendu pour demander de l'aide. Ils parlaient en allemand avec un SS. J'ai deviné que le SS lui demandait de répéter sa demande. Quand le père a supplié à nouveau, le soldat lui a arraché l'enfant des bras et l'a jeté à terre. Son corps si frêle s'est écrasé sur les caillasses. Il s'est mis à hurler de plus belle et cette pourriture l'a abattu. Le père s'est jeté sur lui et ce chien l'a descendu à son tour. La mère ne voulait pas, enfin, ne pouvait pas assimiler ce qui venait de se passer sous ses yeux, si bien que son cerveau a littéralement disjoncté. Elle a hurlé comme une démente les quarante-huit heures qui ont suivi en tapant contre les parois du wagon. Quand ils ont enfin ouvert les portes, elle a bousculé tout le monde et a fait face à une surveillante en charge de nous réceptionner. Elle a ouvert les bras pour qu'on la tue, mais la salope ne voulait pas lui faire ce plaisir. Après l'avoir suppliée en vain, elle lui a sauté au visage et lui a arraché un morceau de joue. Ma mère me cachait les yeux, mais je devinais ce qu'il se passait. Ils l'ont laissée délirer deux jours parmi nous dans le baraquement. Et puis, ils ont fini par l'abattre… elle aussi.

— Lucienne, je, je suis désolée.

— Il ne faut pas. Tu n'y es pour rien.

— Je suis désolée que tu aies eu à vivre ça.

— J'étais encore très jeune. J'ai cristallisé cela comme un triptyque morbide : famille/mort/folie. Le tiercé gagnant ! Je pense que c'est à cause de ça que je n'ai jamais réussi à m'attacher vraiment à quelqu'un. Trop peur qu'il me soit arraché.

Silence.

— Tu sais maintenant pourquoi je ne me suis jamais mariée et pourquoi je suis devenue chercheuse en psychologie. C'est bête, quand même, de connaître l'origine de son trauma, mais de ne pas réussir à faire autrement.

— Il faut croire que tu es sur la bonne voix puisque tu vas épouser Léon.

— Oui. C'est pas trop tôt.

Nous avons gardé le silence quelques minutes, ma main posée sur celle de mon amie. Elle avait treize ans et moi, onze.

— Parfois, la nuit, je me réveille parce que j'entends encore les hurlements de cette femme.

Nous avons fermé les yeux et sommes restées ainsi jusqu'à l'atterrissage.

Confidence pour confidence. J'en ai parfois de ces idées. J'espère que ma question n'a pas trop bouleversé Lucienne.

Une fois à l'aéroport, nous avons pris un taxi jusqu'à Cheadle, la banlieue où a grandi Paddy.

J'écris ces quelques lignes rapidement depuis notre hôtel.

Nous n'avions pas abordé le problème du couchage avant le départ. Paddy avait bien dit qu'il s'était occupé de réserver les chambres dans une petite pension de famille, mais aucune mention de la répartition des lits.

En arrivant, il a récupéré trois clés, deux chambres doubles et une simple.

Nous nous sommes installés sous la véranda pour boire un thé.

— Mes amis, je vais avoir besoin de prendre une petite douche avant d'aller marcher sur les traces de notre *British* préféré. On se retrouve dans une heure ici même. *See you later, alligator !*

Jo s'est levé et a attrapé la clé de la 4, la chambre simple. Malaise. Il restait donc une chambre double pour nos futurs mariés et une autre pour Paddy et moi.

En voyant nos têtes, Lucienne et Léon ont tellement ri qu'ils ont préféré quitter la véranda et aller à leur tour se rafraîchir dans leur chambre.

— *Pardon me, Jane*, je pensais que vous prendriez la chambre simple et que…

— Que vous partageriez un lit double avec Jo ? ai-je taquiné Paddy.

— Je peux demander s'il y a encore une chambre libre si vous voulez.

— Non, ça va. Je préfère être avec le régional de l'étape, ce sera plus pratique.

— Très bien, alors, si Madame veut bien me suivre…

Que de manières entre nous !

Pour l'heure, Paddy est dans la salle de bains depuis suffisamment longtemps pour me laisser penser qu'il s'est endormi dans la baignoire. Je n'ose pas le déranger.

Lundi 3 mars, 14 h 30

Ils vont avoir ma peau ! Mes amis vont finir par me tuer si nous continuons à ce rythme effréné.

Nous sommes enfin dans l'avion du retour. Le week-end a été éreintant.

Paddy est resté quelques jours de plus. Il doit rentrer en fin de semaine.

Ce retour aux sources, cela lui a fait beaucoup de bien. Enfin, je crois.

Dès le samedi après-midi, nous sommes allés dans une ravissante maison à deux étages, typiquement anglaise, briques rouges, bow-window et jardinets de part et d'autre. Nous avons rencontré les petits-enfants et arrière-petits-enfants de sa sœur Margaret. Une grande et charmante famille.

Ils étaient tellement nombreux à vouloir voir « *Uncle Paddy* » qu'ils ont dû organiser une file d'attente devant chez « *Nanny Maggy* ».

Jo n'a pas arrêté de taquiner Paddy et Maggy.

Ils se ressemblent comme deux gouttes d'eau. On croirait Paddy avec une perruque à bouclettes. Et pour cause, nous avons eu la surprise d'apprendre qu'ils étaient jumeaux.

Quand nous nous sommes retrouvés seuls, j'ai fait part de mon étonnement à Paddy. Ce n'est pas rien quand même, d'avoir une sœur jumelle. Pourquoi ne pas nous l'avoir précisé ? Mon ami m'a expliqué comment il était parvenu à force de chagrin et de colère à ranger, dans une petite case secrète de son cœur, sa femme et ses enfants décédés. Il avait procédé de la même manière pour ne pas souffrir de l'éloignement avec sa jumelle. À force, il s'était convaincu qu'ils n'étaient pas si proches. Au point de ne jamais la mentionner devant nous.

— Ma sœur a dû tout gérer lorsque je suis parti. Nos parents, mais aussi la famille qui me reprochait de fuir mes responsabilités. Elle m'a toujours défendu.

— Mais vous semblez encore proches. Vous vous êtes vus quelquefois tout de même ces quarante dernières années ?

Paddy s'est allongé et je me suis assise au bord du lit à ses côtés.

J'ai posé ma main près de lui en guise de rapprochement et il l'a attrapée aussitôt.

— Chaque année, le 30 juillet, pour l'*anniversary* de la mort de… de… mon femme et mes enfants. Elle me rejoint à Paris et nous passons la journée ensemble.

En France, Paddy perdait parfois son excellent français. Essentiellement lorsqu'il était troublé ou les très rares fois où il lui arrivait d'oublier son flegme britannique.

À Manchester, le fait de parler les deux langues, ajouté à l'émotion d'être… simplement là, Paddy parlait un franglais très créatif.

— Domi et Thomas ne savent même pas que j'ai une sœur dans Manchester.

— Mais enfin, c'est sa tante tout de même. Thomas a le droit de savoir. Et Maggy, elle doit vouloir le rencontrer, non ?

— Je trouve pas très bien, Jane, je voudrais me reposer un peu. Je parle comme un débutant, cela m'énerve beaucoup.

— ?

— Ma sœur comprend moi.

— ?

— Ma sœur me comprend.

— Paddy, vous savez, je vous comprends aussi. Enfin, je veux dire que, là, présentement, je ne comprends pas pourquoi vous n'avez jamais parlé de votre sœur à Thomas, mais si vous me dites pourquoi, j'aurai la sagesse, je pense, de ne pas vous juger et de vous comprendre.

— Vous êtes sage, Jane. J'aime beaucoup cela chez vous. Vous ne jugez pas les gens.

Comment aurais-je pu juger les réactions d'un homme qui, en un froissement de tôle, perd ce qu'il a de plus cher au monde ? Juge-t-on quelqu'un dont la douleur est tellement tuante qu'elle ne lui a même pas permis d'enterrer sa famille ? Au point de devoir s'enfuir pour survivre au chagrin ? Qui peut se permettre de dire ce qu'il ferait en une telle situation ?

— Maggy a toujours accepté. Si Thomas avait su qu'il avait de la famille en Angleterre, il aurait voulu les connaître et nous aurions dû leur rendre visite. Je n'en avais pas le courage. Mes parents étaient toujours en vie.

— Vous n'avez jamais revu vos parents ?

— Ils m'ont rendu visite deux ans après mon... arrivée à Lyon, et puis nous avons, enfin, j'ai mis des distances entre nous. Mais Maggy, elle, n'a jamais laissé quoi que ce soit nous éloigner, ni les kilomètres, ni mon drame, ni son quotidien éreintant de mère de famille nombreuse, libraire et épouse d'un grand cardiaque, jamais !

— On le voit tout de suite, que c'est une femme forte et courageuse.

— Elle ne m'a jamais fait un seul reproche, jamais une mièvrerie qui aurait pu ajouter à mon chagrin, elle ne se plaignait jamais. Je lui ai toujours envoyé des nouvelles de Thomas, de moi, de mon travail. Je lui ai même parlé de vous quand vous êtes arrivée à la résidence.

— C'est vrai ? Non, vous me faites marcher.

— Chez nous, on a une expression, c'est « *love at first sight* ». Le temps que ma sœur m'encourage à vous aborder, je lui envoyais un sms pour lui dire qu'en fait, vous étiez en début de démence sénile. Ça nous a fait rire un moment. Comme quoi ! On ne sait jamais ce que nous réserve la vie.

— Je ne vous le fais pas dire. Si on m'avait dit il y a quelques mois que j'allais partir à Manchester avec un gentleman...

— À Cheadle ! Nous ne sommes pas vraiment à Manchester, c'est le Great Manchester. C'est chez moi, ici.

— Vous devriez rester un peu plus longtemps. Profitez de votre famille quelques jours de plus.

— J'y pense, mais j'ai peur que les choses soient différentes lorsque je rentrerai à Lyon.

— Elles le seront. Mais nous ne sommes pas à trois jours près. Restez un peu.

— Vous serez là à mon retour ?

— Je compterai les heures.

Paddy s'est décalé sur le couvre-lit et m'a attirée vers lui. Nous sommes restés allongés tous les deux à écouter le silence complice de notre intimité naissante.

Je garderai le reste pour moi. Comme tout ce qui est unique et magnifique, on ne peut jamais en retranscrire la magie sans en perdre un peu entre les lignes. Les mots ne peuvent pas toujours être à la hauteur.

Au réveil de notre sieste « coquine », nous avons rejoint les copains et nous sommes allés manger au restaurant.

Maggy et son second époux avaient réservé dans un restaurant indien délicieux. Je ne savais pas que j'aimais autant cette cuisine.

Les Anglais dînent très tôt et nous étions sortis de table avant 19 h 30. Nous sommes donc allés au-devant de la culture anglaise et avons élu domicile dans le pub préféré de Maggy, le Cheadle Royal.

J'avais tout un tas d'idées préconçues sur l'ambiance des pubs anglais. Eh bien, mon cliché a été parfaitement honoré. Quelle ambiance !

Maggy m'a expliqué dans un français basique (toujours mieux que mon anglais) que, si j'appréciais l'atmosphère joyeuse et bon enfant du pub, elle me déconseillait vivement de revenir dans quelques heures. Viande soûle et bagarres assurées.

En France, si une bande de vieux croûtons comme nous sort le soir dans un bar, tout le monde s'en étonnera, mais ici cela ne surprend personne.

Nous n'étions d'ailleurs pas les seuls octogénaires présents dans le pub. Des jeunes gens jouaient aux fléchettes et, faute de place, partageaient leur table avec des inconnus d'un autre âge sans s'en émouvoir.

Je me demande si je me fais des idées sur les lieux de sortie nocturne en France.

Peut-être que nous devrions essayer avec les copains à notre retour ?

Bon sang, si mes enfants apprennent ça ils vont me faire interner pour de bon.

Nous sommes rentrés à l'auberge vers 22 heures et je me suis écroulée de fatigue après cette folle journée qui avait commencé à 5 h 30 à la résidence.

Dimanche matin, j'ai laissé dormir Paddy et j'ai rejoint Lucienne. Nous étions convenues la veille de prendre le petit déjeuner toutes les deux dans le centre du village. Nous avons trouvé refuge dans un charmant salon de thé alors qu'une averse inondait les rues. Mon amie et moi avons beaucoup ri en remarquant que les locaux, tellement habitués à vivre sous des parapluies, marchaient à vitesse normale, là où les Français auraient déjà déclenché une vigilance orange inondation.

En buvant ce qui devait être la centième tasse de thé du séjour, j'ai avoué à Lucienne que nous l'avions fait la veille avec Paddy.

— Ha ha, j'en étais sûre ! Léon n'a pas voulu lâcher le morceau alors que je l'ai harcelé.

— Léon est au courant ? ai-je demandé, mi-honteuse mi-furieuse.

— Je pense que oui, mais rien de sûr. Il me semble les avoir vus papoter hier au pub et j'ai deviné qu'ils parlaient de ça.

— Quel goujat, ce Paddy ! Crois-moi, je suis très en colère, il va m'entendre. De quel droit est-ce qu'il se permet d'en parler ? Tu comprends que cela me fiche en rogne, n'est-ce pas ?

— Hum, je ne voudrais surtout pas avoir l'air bêcheuse, mais puis-je te poser une question avant de te répondre, ma chérie ?

— Oui, ai-je répondu sur un ton exaspéré.

— Eh bien, toi, de quel droit te permets-tu de m'en parler ?

— Je, euh… c'est différent !

— Ah oui, a souri Lucienne, et en quoi est-ce différent ?

Lucienne avait encore une fois raison. J'ai boudé une petite minute pour la forme, puis mon amie m'a suppliée de lui livrer quelques détails.

— Dis, est-ce que tu… enfin, est-ce qu'il y avait eu quelqu'un avant André ?

— Pas vraiment.

— Donc, tu n'avais connu qu'André, sexuellement parlant ? Ça doit être étrange de ne connaître qu'un seul homme toute sa vie ?

Je me mordis les lèvres et Lucienne, bien sûr, le remarqua immédiatement.

— Non ? Non ! Ne me dis pas que sainte Jeanne a fauté pendant le mariage ? Je n'en crois pas mes oreilles.

— Normal ! Je n'ai rien dit ! C'est toi qui fais les questions et les réponses, ma Lucienne.

— Non, mais non de non ! Cette petite coquine essaie de faire diversion. Regarde-moi dans les yeux et jure-moi que Paddy a été le deuxième homme que tu as... hum... connu, au sens biblique du terme.

— Non, je ne peux pas jurer. On ne jure pas pour des foutaises.

— Ni pour des mensonges, d'ailleurs !

J'ai bu une gorgée de mon thé encore trop chaud et j'ai ouvert les vannes de mes souvenirs :

— Nous l'appellerons X.

— Mystérieuse, avec ça !

— Nous nous sommes rencontrés l'année de mes trente-cinq ans.

Lucienne buvait mes paroles.

— À l'époque, j'écrivais déjà. Tu sais, je t'ai parlé de mes journaux ?

— Oui, oui. Cela me fascine, d'ailleurs. Soixante-dix ans à noircir des carnets intimes. Je donnerais cher pour voir la tête de tes enfants s'ils tombent dessus... Surtout maintenant que je sais qu'il doit y avoir des choses pas très catholiques à l'intérieur.

— Mes journaux intimes sont à l'abri dans un coffre à la banque, depuis... eh bien, justement, depuis que j'ai rencontré X. Je devais absolument m'assurer que personne ne tomberait dessus, alors je les ai cachés dans le coffre-fort de mes parents quelques années. J'avais une confiance absolue en eux. Quand j'ai eu mon propre compte bancaire, j'ai fait le transfert. À l'époque, il y avait déjà soixante-dix-sept carnets. Je n'ose pas imaginer combien il peut y en avoir aujourd'hui.

— Dis donc, ne change pas de sujet !

— Oui, donc, à l'époque, j'écrivais une heure ou deux chaque jour, dans un petit square en face de l'école des enfants. Un jour, un homme m'a abordée. On ne me faisait plus tellement la cour à cette époque. Tu comprends, nous étions en 1967. Auguste est né en 57, Marie-Ange deux ans plus tard, Hervé en 61 et Martine en 62. Pendant dix ans, j'avais été soit enceinte, soit allaitante, soit entourée de ma joyeuse marmaille. Rien de très attirant pour un homme. Je l'avoue, dès le premier instant où j'ai vu X, j'ai été charmée. Il était grand, fort, élégant. Ses mains étaient fines, ses yeux intelligents et… je ne sais pas, une certaine aura se dégageait de lui.

— Madame aime les gentlemen, on l'aura compris. Le coup de foudre ?

— Quelque chose de cet acabit en tout cas. Il m'a fait la cour pendant trois semaines du lundi au vendredi entre 15 heures et 17 heures. Je me suis laissé tenter tout doucement sans même m'en rendre compte. J'allais de plus en plus tôt au parc et je n'emportais mon carnet avec moi que pour me donner une contenance. Pendant les semaines qui ont précédé ma… notre… enfin, avant que j'accepte de vrais rendez-vous, je n'ai pas écrit une ligne. Ça doit être la seule période de ma vie qui ne soit pas consignée dans mes carnets.

— Bon sang ! Là, j'ai le droit de dire que je n'en crois pas mes oreilles !

— Oui. Enfin, je ne vais pas tout te raconter. Cela prendrait des siècles et nous devons rejoindre nos amis à 11 h 30 pour le déjeuner.

— Moi vivante, nous ne sortirons pas de ce salon de thé sans que je sache tout de cette histoire d'amour.

— Nous, enfin, j'ai succombé après quelques semaines. Nous avons vécu une histoire passionnelle pendant huit mois.

— La vache ! Huit mois !

— Oui, et puis X a commencé à être de plus en plus souvent en déplacement à Paris et ce qui devait arriver arriva.

— ?

— Il a déménagé à Paris pour son travail.

— Non, attends. Tu ne peux pas me dire que ton grand amour s'est terminé à cause d'un déménagement.

— On ne te la fait pas, à toi, ma Lucienne. Il était parisien, mais ses parents vivaient à Lyon. À la mort de son père, un an plus tôt, il avait pris quelques mois pour mettre les affaires familiales en ordre. Cela devait se terminer un jour ou l'autre et il est simplement retourné à sa vie d'avant.

— Je n'en crois pas un mot, s'est offusquée Lucienne en commandant, d'un geste gracieux du poignet, deux autres tasses de thé.

— Tu veux vraiment tout savoir, n'est-ce pas ?

— Je sais qu'il y a quelque chose d'autre là-dessous, j'en suis sûre.

— Cela ne te suffit pas de me savoir épouse adultérine ?

— Dis-moi au moins que vous avez continué à vous voir malgré la distance. Ça ne peut pas simplement s'arrêter comme ça, si ?

— Deux mois avant de quitter Lyon, il m'a suppliée de le suivre. Il voulait que je divorce, il voulait que je vive avec lui à Paris. Il a fait des pieds et des mains, mais...

— Tu avais les enfants.

— Mes enfants, oui. Il a proposé que nous les prenions avec nous. Il parlait d'une grande famille. Il parlait de nos enfants à nous. Il a tout fait, je te dis, mais...

— Tu as dit non.

— J'étais perdue, je n'avais parlé de X à personne. J'étais seule avec mon dilemme, mon inavouable secret. Et puis il y a eu les vacances de printemps et nous sommes partis deux semaines avec les enfants. André nous a même rejoints quelques jours. Il devait sentir que je m'éloignais ou que j'étais triste, je ne saurai jamais, mais je ne peux pas croire que cela soit un hasard, qu'il ait réussi à prendre cinq jours de congés. Pas de vacances pour les chefs ! comme il disait toujours. Enfin, toujours est-il que j'ai pleuré chaque nuit de mon séjour loin de X. Je savais que c'était un avant-goût de ce que serait ma vie quelques semaines plus tard, lorsque nous serions séparés pour de bon. Je me sentais mourir à petit feu. J'avais l'impression que quelqu'un avait éteint une lumière à l'intérieur de moi.

Lucienne me regardait avec un sourire niais plaqué sur le visage.

J'ai tout raconté à mon amie : le retour à Lyon, les rendez-vous de plus en plus rapprochés, la passion qui nous dévorait, les crises de larmes après l'amour quand nous réalisions que la fin était imminente.

— J'allais chaque matin dans la petite église à côté de chez nous. J'étais tellement perdue. Tu sais, je ne suis pas très croyante, mais j'avais besoin de parler à quelqu'un et je ne pouvais me confier à personne.

Je priais en attendant un signe de Dieu. Tu te rends compte comme je perdais la tête ? Je suppliais le bon Dieu de me dire ce que je devais faire. J'avais tellement peur de me fiche en l'air si je devais vivre sans lui. Alors, comme Dieu ne répondait pas, j'ai écouté mon cœur et j'ai dit oui. J'ai dit oui à X. Nous étions sur un nuage pendant les deux semaines qui ont précédé le départ.

— Tu as dit oui ? Mais alors, et après ?

— Le jour du départ. J'étais brisée en deux. J'ai déposé mes enfants à l'école comme si de rien n'était et j'ai foncé chez moi pour préparer mes valises. Je ne devais surtout pas éveiller les soupçons. J'ai déjeuné avec mon amie Marie-Aimée. Je me suis enfin confiée. Cela m'a libérée. Et puis elle ne m'aurait jamais pardonné de m'être enfuie sans lui dire au revoir. Nous avons beaucoup pleuré en nous quittant. Elle était très choquée, mais c'était ma meilleure amie, alors elle a compris. Et puis elle me voyait avec André et savait que tout cela, ce n'était qu'une façade. Pour elle, c'était un grand bouleversement, mon départ, tu sais. C'était aussi l'épouse du meilleur ami de mon mari. On formait une sorte de quatuor à deux têtes. Nous faisions tout à quatre, les vacances d'été, les week-ends, les conférences de nos époux…

— Bon sang, mais que s'est-il passé ? Pourquoi n'es-tu pas partie ? Ou pourquoi es-tu revenue ?

— Tu sais que j'attendais un signe de Dieu avant de prendre ma décision ?

— Oh non, pas tes conneries de bigote, s'il te plaît ? Pas ça ?

— Je l'ai eu, mon signe. Après notre déjeuner, je suis rentrée chez moi et j'ai écrit une lettre à André pour tout lui expliquer. J'ai aussi rédigé une lettre pour Auguste, c'était l'aîné, je lui devais des explications. Je lui jurais que je reviendrais le chercher dès que je serais installée. J'allais partir et j'ai voulu laisser mon alliance avec la lettre d'adieu. En la faisant glisser de mon doigt, elle m'a échappé et a roulé derrière la bibliothèque. Quand je me suis accroupie pour la chercher, j'ai dû faire un mauvais geste, des livres ont vacillé et se sont écroulés tout autour de moi.

— Ça t'a mise K.-O. et tu as manqué ton train ?

— Mais non ! Je me suis dit que je ne pouvais pas laisser l'appartement dans cet état. Ma belle-mère devait récupérer les enfants à l'école, je ne voulais pas qu'elle s'affole en trouvant le salon sens dessus dessous. Alors j'ai commencé à ranger les bouquins. Je ne me souviens plus très bien de ce qui était tombé par terre, mais c'était sale et j'ai jugé bon de passer rapidement le balai. Bref, cet enchaînement de maladresses a retardé mon départ d'une quinzaine de minutes. Le taxi s'impatientait en bas et moi, je cherchais n'importe quel prétexte pour respirer encore un peu l'atmosphère de mon foyer. C'est là que le téléphone a sonné. J'ai regardé l'heure, il était 16 h 15. Mon train pour Paris partait à 18 heures. J'ai hésité à répondre, mais je ne sais pas pourquoi, j'ai voulu faire encore un peu comme si de rien n'était, alors j'ai décroché.

À ce stade de mon récit, il m'a fallu marquer une petite pause. J'étais émue et je ressentais encore cette increvable culpabilité.

Lucienne a proposé que nous marchions un peu.

— Un peu d'air nous fera le plus grand bien.

Nous étions côte à côte, mon amie me tenait par le bras, sa main gauche agrippée au manche du grand parapluie. Nous retournions à l'auberge sous la pluie de Manchester, pardon, de Cheadle. Je me suis mise à pleurer et Lucienne n'a rien dit. Elle a juste serré mon bras un peu plus fort contre elle.

Avant de tourner dans Brook Street, j'ai lâché :

— Au téléphone, c'était la secrétaire d'André. Elle pleurait et, entre les sanglots, elle m'a dit qu'il venait de faire une crise cardiaque. Il était pris en charge par ses collègues, mais elle n'en savait pas plus. Ce fichu taxi ne m'a pas amenée à la gare pour rejoindre mon amour, mais à l'hôpital au chevet d'André.

— Le signe de Dieu que tu attendais.

— Oui. J'ai laissé passer quelques jours et j'ai envoyé une lettre expéditive à X. Je lui ai donné à croire que j'avais changé d'avis et que j'aimais toujours André.

— Et il a laissé faire ?

— Qu'aurait-il bien pu faire ? Il n'allait pas venir et m'enlever, tout de même.

— Ma Jeanne, je n'imagine pas combien les mois qui ont suivi ont dû être douloureux.

— Les années même. Tu sais, chaque année, le jour où nous aurions dû nous enfuir, le 29 mai, il me fait parvenir un petit quelque chose.

— Tu veux dire qu'aujourd'hui encore ?

— Eh bien oui. L'année dernière, c'était cette broche, là sur le revers de mon manteau, ce paon en saphir et vermeil.

— C'est… c'est magnifique. Tu sais comme le romantisme me hérisse les poils de là où tu sais, mais là j'avoue que…

Quand nous sommes arrivées, Jo, Léon et Paddy étaient déjà attablés et s'impatientaient. Après quelques sandwichs et deux autres tasses de thé, nous avons pris un taxi direction Manchester. Paddy nous a fait faire le tour de la ville et nous a montré tous les endroits où il avait travaillé, dansé, étudié. Je crois même l'avoir entendu parler à Jo et Léon de l'endroit où il avait connu sa première fille. Mais je me fais peut-être des idées. Je demanderai à Lucienne, à l'occasion.

Nous avons passé un excellent après-midi.

Paddy était visiblement comme un poisson dans l'eau. C'était tellement agréable de le découvrir comme ça. Je ne peux pas vraiment l'expliquer. Il était simplement différent, moins solennel peut-être. Il nous a même fait visiter la gare principale, Piccadilly Station. Jo et Léon semblaient fascinés par les histoires de train qu'il racontait. Aucun de nous ne soupçonnait jusqu'alors la passion de Paddy pour l'histoire ferroviaire anglaise.

Le soir, nous étions invités à dîner chez Maggy. Il n'y avait qu'elle et son mari.

La soirée a été très chaleureuse. Paddy avait dit à sa sœur que Léon avait été traiteur et que nous étions tous des inconditionnels de grande cuisine, alors Maggy a préféré se faire livrer des plats indiens. Nous ne sommes pas rentrés trop tard. Notre escapade mancunienne nous a épuisés.

Ce matin, en nous levant, Paddy m'a demandé si je serais vexée s'il allait seul au cimetière avec Léon et Jo. Il m'a expliqué qu'entre hommes ce serait plus facile pour lui. Je l'ai encouragé à faire exactement comme bon lui semblait en ce jour si spécial. Nous sommes restés longtemps dans les bras l'un de l'autre avant de quitter la chambre.

Avec Lucienne, nous avons profité de la matinée pour acheter quelques souvenirs anglais. J'ai dû écrire une bonne douzaine de cartes postales pour mes enfants et petits-enfants. Nous avons même pensé à prendre un petit quelque chose pour Monsieur Boris, Hélène et Sylvain.

L'avion décolle à 17 heures. Je ne pensais pas dire cela un jour mais, même si ce séjour fut très excitant, j'ai terriblement hâte de retrouver mon « chez-moi ».

Mardi 4 mars, 15 h 30

J'attends Lucienne pour aller prendre le goûter avec Léon et Jo dans la salle commune. Elle est en retard, j'en profite pour écrire un peu.

C'est étrange d'être sans Loulou et Paddy cette semaine.

Notre nouvelle idole des plateaux télévisés est partout en ce moment. Mais pas avec nous. La rançon du succès, comme on dit. Quand je pense que tout cela a presque commencé sur un malentendu. La vie réserve vraiment de ces surprises, parfois.

Nous ne nous sommes séparés que depuis hier, mais j'ai déjà eu Paddy deux fois au téléphone. Hier soir, il m'avait fait promettre de l'appeler dès que je poserais un pied dans la résidence et ce matin c'est lui qui m'a appelée, juste comme ça. Il voulait entendre le son de ma voix. Cet homme est charmant. Nous avons parlé longtemps. André ne supportait pas le téléphone, il expédiait toujours nos discussions longue distance.

J'ai découvert un Paddy bavard, pour mon plus grand plaisir. Il m'a reparlé de sa visite au cimetière, la veille. Il semblait tenir le coup. Il a même trouvé cela moins douloureux que ce qu'il imaginait depuis tant d'années. Il va profiter de son séjour pour rendre visite à des cousins en fin de semaine et d'ici là, ils vont, avec Maggy, mettre quelques affaires de famille en ordre.

Avant de raccrocher, Paddy m'a dit que je lui manquais et, bien sûr, je lui ai dit que cela était réciproque. À peine vingt-quatre heures ! Quelle midinette je fais !

Ce matin, j'ai aussi eu la surprise de recevoir un appel des jumeaux. C'est un événement, car ces deux-là ne passent jamais de coup de fil. Ils me rendent toujours visite à l'improviste. Quand André était encore de ce monde, cela le rendait dingue. Il pensait qu'ils tenaient ça de leur mère qui a toujours été imprévisible. Qu'elle repose en paix, la pauvre.

Ils m'ont proposé de les accompagner ce week-end dans la Drôme chez leur père.

Lors de sa dernière visite, nous étions convenus avec Hervé d'un week-end en avril, mais cela arrange tout le monde ainsi, apparemment.

D'autant que les garçons m'ont expliqué que, pour une fois, ils avaient la garde de leurs enfants en même temps et que l'occasion d'être tous ensemble ne se reproduirait pas avant l'été. Ils m'ont convaincue. Qu'est-ce que je ne ferais pas pour eux.

Il y aura donc Karl et Louis, les fils de Valérian et les jumelles de Wilfried.

J'ai hâte de rencontrer Sybille, la nouvelle compagne d'Hervé. Les jumeaux ne tarissent pas d'éloges à son sujet. Ma foi !

J'ai aussi eu un sms de Marie-Aimée. Nous avons rendez-vous pour déjeuner demain. Je suis impatiente de discuter avec elle, de lui parler des copains, de nos excursions et puis de Paddy aussi.

Je me demande comment se passe sa vie à la montagne. Elle a laissé entendre au téléphone qu'elle pensait peut-être s'installer chez sa fille en banlieue lyonnaise cet été. C'est étonnant, elles ne s'entendaient pas très bien dans mon souvenir.

Bon, si Lucienne tarde trop, je crois que je vais faire une petite sieste, je suis terriblement épuisée depuis notre retour. D'autant que j'ai très mal dormi.

Je crois que je culpabilise un peu en ce moment. Je ne suis pas très à l'aise à l'idée de donner mon cœur à un autre homme.

Et puis il y a aussi le souvenir de X que j'ai ravivé, mais surtout partagé.

J'ai rongé mon frein en secret pendant plus de quarante-cinq ans, alors évoquer ces mois de passion avec Lucienne, cela a fait remonter beaucoup d'émotions.

Je comprends mieux pourquoi Paddy a eu besoin de fuir après la mort de sa famille. En étant loin, il mettait ce drame à distance. Comme il n'en a jamais parlé à personne, il a réussi à l'oublier en partie. Tout du moins, à vivre avec. Enfin sans.

D'une certaine manière, c'est ce que j'ai fait avec X. Les années ont passé et ont effacé la douleur et, peu à peu, l'existence même de cet amour.

Après la crise cardiaque d'André, Marie-Aimée ne m'a jamais reparlé de mon départ avorté. J'étais mortifiée à l'idée que je puisse être responsable du châtiment divin de mon mari. Elle devait s'en douter. Alors, elle a gardé le silence pour respecter le mien et nous avons peu à peu oublié ce déjeuner où je lui avais avoué être sur le point d'abandonner mari et enfants.

Je réalise seulement aujourd'hui qu'il n'y avait pas que mon couple : toute ma vie ressemblait à ces gâteaux au glaçage miroir.

Mercredi 5 mars, 23 heures

Hier, Lucienne était en retard.

Pendant que j'écrivais sur mes états d'âme, Jo était en train de faire un malaise cardiaque sous ses yeux. Il a été transporté à l'hôpital. Son état est stable à l'heure où j'écris ces lignes.

Sa fille et son gendre doivent arriver de Bali d'ici un ou deux jours. En attendant, nous nous relayons avec Léon et Lucienne pour qu'il y ait toujours quelqu'un à ses côtés. Les médecins disent qu'il est tiré d'affaire, mais ils l'ont aussi prévenu qu'il aura besoin de quelques semaines de convalescence avant de retourner à la résidence.

Je n'arrive même pas à imaginer la bande sans lui.

Joseph, c'est le plus farceur de nous tous.

Il n'y a pas longtemps, il m'a avoué que, lorsqu'il a appris que je simulais la démence, je suis instantanément devenue quelqu'un de sympathique à ses yeux. Il a ajouté, timidement, parce que Jo, c'est pas le genre à faire le sentimental :

— Tu ne pouvais être qu'une femme géniale pour avoir monté un plan pareil.

Après quoi, je lui ai raconté dans le détail l'enfer que j'ai fait vivre à mes enfants pendant les mois qui ont précédé notre rencontre. Nous avons ri au point que son dentier a sauté dans mon assiette, provoquant l'hilarité générale de notre tablée et l'indignation des coincées de la table d'à côté.

J'espère qu'il va se remettre et que nous pourrons bientôt recommencer à rire comme des diables tous ensemble.

Avec Lucienne et Léon, nous avons passé la journée d'aujourd'hui avec lui à jouer au rami, et à répondre aux nombreux appels inquiets de sa famille et de ses amis. En toute fin de journée, les infirmières, un peu embarrassées, mais catégoriques, nous ont gentiment signifié la fin des heures de visite. Nous avons sauté dans un taxi pour arriver à la résidence à l'heure pour le dîner.

À table, j'ai posé à Léon et Lucienne plein de questions sur Jo. Devant leur absence de réponse, je me suis un peu énervée avant de comprendre qu'ils n'en savaient pas tellement plus que moi sur sa vie.

Lucienne a tout de même partagé avec moi les quelques miettes d'informations dont elle dispose.

En cinq ans de vie quasi commune à la résidence, et presque autant d'années d'amitié entre eux, elle n'avait obtenu que trois indices sur la vie privée de Jo :

1) Il avait beaucoup voyagé pour son travail, une sorte de commerce de textile entre l'Europe et l'Indonésie.

2) Il s'était marié sur le tard avec une femme balinaise rencontrée dans le cadre de son travail. Ils avaient

vécu avec leurs trois enfants entre les deux pays pendant leurs vingt-cinq ans de mariage.

3) Jo avait dû faire une grosse bêtise dans sa jeunesse, car il laissait parfois planer le spectre d'un séjour prolongé en prison.

C'est étrange comme les personnes les plus bavardes et les plus expansives sont souvent celles sur lesquelles on en sait le moins. Mystérieux Jo. Les blagues et les bavardages sont sa parade à nos indiscrétions.

Jeudi 6 mars, 22 h 45

Cette journée a été abominable.

J'ai encore du mal à réaliser tout ce qui vient de se passer aujourd'hui.

Comme si l'hospitalisation de Jo ne suffisait pas.

Je ne suis pas sûre d'avoir la force, le courage et encore moins l'envie de parler de mon déjeuner avec Marie-Aimée ce soir.

Vendredi 7 mars, 3 h 45

Impossible de fermer l'œil. Je suis tellement en colère.

Il faut que j'écrive, sinon je vais encore me réveiller toutes les heures pour maudire cette traîtresse.

Hier, après mon tour de garde matinal à l'hôpital, j'ai rejoint, à l'heure du déjeuner, celle que je croyais être ma meilleure et plus ancienne amie.

Nous avions réservé dans un restaurant du centre-ville où nous avons eu nos habitudes pendant des années.

À peine entrée, je me suis précipitée sur Marie-Aimée et nous nous sommes étreintes de longues minutes. Nous avons même versé quelques larmes. Nous réalisions, en nous serrant si fort, que nous avions passé près d'une année sans nous voir. Cela ne nous était encore jamais arrivé.

J'ai retrouvé son parfum, toujours aussi enveloppant, et ses sourires communicatifs. J'ai fait mine de ne pas remarquer la canne posée contre le dossier de sa chaise et sa hanche qui semblait vouloir s'échapper de son bassin.

Malgré le changement de propriétaire, le repas était raffiné, comme dans mon souvenir, et le personnel aux petits soins.

Alors que nous dégustions un café gourmand et que je racontais à Marie-Aimée comment nous nous étions fait offrir un brunch royal chez Ladurée, mon amie m'a interrompue.

— Ma Jeanne, je dois te dire quelque chose d'important.

— Je te prie de m'excuser, ma chérie. Je ne fais que parler de moi et je ne te laisse pas en placer une. Je t'écoute.

Si j'avais eu un peu plus de repartie, j'aurais ajouté : « Remarque, ça change de ces soixante dernières années, pour une fois. »

— Tu sais que je pense m'installer chez ma fille cet été ?

— Oui, tu m'en as brièvement parlé au téléphone. Est-ce qu'il y a un problème chez Sylvia et Dominique ?

— Non. Enfin, tu sais que je ne suis pas facile à vivre. Il y a toujours eu des hauts et des bas depuis que je vis chez eux. Je pense que cela fait trop longtemps que je suis sur leur dos, il est temps pour moi de changer d'air. Et puis je n'en peux plus des bouquetins et des marmottes. Je veux mourir chez moi, enfin dans ma ville, tu me comprends, n'est-ce pas ?

— Lyonnaise à la vie à la mort !

— Une vraie loubarde depuis que tu fréquentes ta bande, m'a taquinée Marie-Aimée.

— Si je comprends bien, tu reviens ? Mais pourquoi chez ta fille ? Entre vous, c'est compliqué quand même.

— Eh bien, dernièrement, j'ai décidé d'être honnête et, depuis, notre relation est totalement apaisée.

— Dis-m'en plus.

— Je ne suis pas très fière de te raconter cela, mais je voudrais que tu prennes vraiment la mesure de ce que représente pour moi l'aveu que je vais te faire.

— Tu m'intrigues, Marie-Aimée. Ai-je des raisons de m'inquiéter ?

Marie-Aimée m'a jeté sa bombe au visage.

En 1959, son époux et le mien étaient de tout jeunes médecins très souvent de garde et elle, de fait, une jeune mariée délaissée. Voilà comment mon amie a justifié le fait que son mari ne soit pas le père de leur premier enfant. Je n'en revenais pas.

Pendant une seconde, j'ai même eu peur que mon amie m'avoue qu'elle avait jadis fauté avec mon André. Mais elle m'a vite expliqué qu'elle n'avait jamais pris le risque de « fréquenter », comme elle dit, des hommes de notre entourage.

— Tu trouves que je suis une garce de n'avoir jamais rien dit à personne ?

— Depuis peu, j'ai arrêté de juger les gens. On ne sait pas toujours ce qu'ils ont traversé dans leur vie et c'est bien trop facile de dire ce que nous ferions à leur place. On n'est jamais vraiment à la place de quelqu'un, non ?

Mon amie m'a pris la main et m'a demandé de l'écouter jusqu'au bout.

— J'ai décidé que je vivais ma dernière année. Je pense gober une boîte de somnifères d'ici à quelques mois. Ma hanche me handicape de plus en plus. Je n'ai pas envie de croupir dans un lit médicalisé. Il est temps pour moi de soulager ma conscience.

— Je… euh…, ai-je bégayé, bouleversée par l'aveu qu'elle venait de me faire, enfin, tu as tout avoué à Denise ?

— Oui. Cela a été très dur à entendre pour elle comme à dire pour moi, mais… depuis, c'est comme si ma fille ne m'en voulait plus. Je me demande si ce secret n'était pas la cause de notre incapacité à nous lier. C'est pour cela que nous avons décidé que je viendrais vivre chez elle après les vacances d'été. Je vais essayer de profiter un peu d'elle, de rattraper le temps perdu avant… enfin, tu vois.

J'étais sonnée par l'aveu de son adultère. Ils avaient l'air d'un couple si uni.

— Je ne te jugerai pas, tu sais, Marie-Aimée. J'ai moi-même… enfin, tu sais. Nous n'en avons jamais reparlé, mais tu sais que, moi aussi, il m'est arrivé d'aller voir ailleurs.

— Oui. Mais c'était différent. Moi, je me vengeais de mon mari qui passait son temps à me tromper. « Un beau docteur comme lui, c'est normal », disait ma mère quand je me plaignais de ses infidélités. Tu parles d'un soutien !

— Ta mère était au courant des adultères de ton mari ? Mais pourquoi tu ne m'en parlais pas à moi ?

— Je ne voulais pas secouer ton monde si stable. Tu sais, on s'est un peu menti à ce sujet toutes les deux quand même, mais c'était comme ça. Que voulais-tu que

l'on fasse ? Nos maris étaient charmants, riches, doc-
teurs, c'est le prix à payer pour les jolies bourgeoises
de province que nous étions. Je voyais bien que tu ne
voulais pas t'avouer que c'était un coureur, ton André.
Je pense qu'il a trempé son pinceau autant que Jean,
mais il a toujours été plus discret.

J'étais abasourdie. Pour la première fois, j'entendais
quelqu'un me dire que j'avais été cocue. J'avais passé
ma vie à douter de la fidélité d'André mais, à chacune de ses promesses, je l'avais cru sur parole. Quel
salaud ! Et puis, non, la faute me revient.

Je n'ai jamais voulu voir les choses en face. Pourtant,
au fond de moi, je savais très bien ce qui se tramait
dans mon dos. Il faut vraiment être gourde comme
je l'étais pour se raconter des mensonges à soi-même
une vie durant.

J'ai pris une grande inspiration pour ravaler mes
larmes et ma colère.

— Je suis contente que nous ayons enfin cette discussion. Tu me diras, il n'est jamais trop tard. J'aurais
préféré que nous en parlions à l'époque… quand je pouvais encore lui arracher les yeux sans avoir besoin de
demander au préalable son exhumation.

Marie-Aimée a ri de ma bêtise avant de se justifier
de longues minutes. D'après elle, j'étais aveugle et
sourde à la vérité et elle jugeait que ce n'était pas à
elle de me forcer à ouvrir les yeux.

— Quand tu m'as parlé de ton amant, j'ai d'abord
été folle de joie pour toi. Je me disais que tu avais le
droit d'être aimée pour de vrai. Moi, toutes ces années,
je lui ai bien rendu la monnaie de sa pièce, à mon vieux,
mais je n'ai jamais été amoureuse. Je voulais juste

200

m'amuser comme lui et peut-être rencontrer quelqu'un qui me donnerait le courage de partir. Mais… je n'ai jamais eu ta chance.

— Ma chance ?

— Laisse-moi terminer, s'il te plaît, m'a coupée Marie-Aimée. Quand tu m'as avoué que tu allais partir, j'ai été heureuse pour toi. Sincèrement heureuse. Et puis, nous nous sommes quittées et, sur le chemin du retour, j'ai commencé à imaginer ma vie sans toi. La seule chose qui rendait cette vie supportable, ce mariage préfabriqué, les adultères de l'autre, c'était notre amitié, notre vie sociale. Les vacances tous les quatre, les restaurants, les amis, enfin, tu sais de quoi je parle. Les galas de charité, les garden-parties. En partant, tu allais détruire tout cela, j'ai…

— Qu'est-ce… qu'est-ce que tu as fait, Marie-Aimée ?

— J'ai…, a-t-elle murmuré avant d'éclater en sanglots, j'ai appelé à la clinique et j'ai tout raconté à Jean. J'ai agi sans réfléchir. Je lui ai dit que tu allais t'enfuir et qu'il devait faire quelque chose. Il m'a rappelée une demi-heure plus tard et il m'a dit qu'ils allaient t'empêcher de partir, mais que je devais leur jurer que je garderais cela secret entre nous trois… pour toujours.

— Vous trois ? Mais…

Mes jambes se sont mises à trembler sans que je puisse les contrôler. Mon cœur battait à tout rompre. Une bouffée de chaleur digne de mes pires pics de ménopause m'a envahie juste avant que la sueur qui perlait déjà dans mon dos se fige dans un frisson. J'avais tellement peur de tourner de l'œil que je m'agrippais à la table comme une démente. Peine perdue : je me suis évanouie quelques secondes.

En recouvrant mes esprits, deux serveurs et un gros type aux joues couperosées étaient au-dessus de moi. Marie-Aimée, elle, me suppliait de ne pas mourir avant de lui accorder mon pardon.

Je me suis levée, chancelante, je devais quitter le restaurant, ne plus la voir, ne plus l'entendre. J'avais besoin d'être seule. Non, j'avais besoin d'être là-bas avec eux, Léon, Lucienne, Jo et Loulou.

Le gros monsieur rougeaud, médecin de son état, m'a demandé de rester tranquille.

— Nous avons appelé les pompiers, ils ne vont pas tarder. Je pense que tout va bien. Vous ne vous êtes évanouie que quelques instants mais, à votre âge, vous ne devez pas prendre cela à la légère. Il faut aller à l'hôpital.

— Justement, c'est là que je me rends.

J'ai tenté de repousser les avances des pompiers jusqu'à ce que je comprenne qu'ils comptaient m'emmener coûte que coûte aux urgences de l'hôpital Édouard-Herriot, deux bâtiments à côté de celui des suites de cardiologie où se trouvait mon ami.

J'ai accepté le transport gratuit et reçu en bonus une petite heure d'attente aux urgences. Privilège de la vieillesse, j'ai rapidement été prise en charge et autorisée à disposer. Amen.

La journée était fraîche pour la saison. J'avais besoin d'air. Je suis restée une bonne demi-heure assise toute seule sur un banc devant les Urgences.

J'essayais de comprendre ce que Marie-Aimée venait de me confesser. Mais il y avait trop d'informations.

Cette garce venait de mettre un coup de pied dans les fondations de ma vie tout entière.

Elle m'a suppliée de la pardonner alors que les pompiers m'embarquaient en virée.

Je l'ai regardée droit dans les yeux et j'ai lâché :

— Tu as bien raison de vouloir te foutre en l'air. Cela fera une ordure de moins sur cette terre.

Pour la première fois en soixante ans d'amitié, je l'ai vue interdite et sans voix.

Je regrette, bien sûr, d'avoir dit une telle horreur. Et si elle décidait d'en finir aujourd'hui à cause de notre dispute ? Je ne me le pardonnerais jamais.

Bon sang ! Mais pourquoi cette harpie a-t-elle eu besoin de soulager sa conscience ? J'aurais préféré ne jamais savoir.

Les coucheries d'André n'ont été qu'un demi-choc. Une partie de moi a toujours su. Depuis le premier jour, la première odeur de femme sur ses vêtements, je savais. Mais sa trahison à elle ? Quand je pense qu'elle a été complice de ce mensonge avec André et Jean pendant toutes ces années. Sombres pourritures !

Je commençais à avoir les pieds congelés quand ma Lucienne est arrivée. Elle m'a trouvée prostrée sur le banc.

— Jeanne ? Mais que fais-tu là ? Est-ce que ça va ?

— Ils m'ont tendu un piège.

— Pardon ? De quoi parles-tu ?

— Ces crevures m'ont fait croire qu'André avait manqué de mourir, mais ce n'était qu'une supercherie. Cette salope leur avait tout raconté. Elle m'a trahie, tu te rends compte ?

— Je ne comprends rien, ma chérie. Reprends depuis le début. Attends, tiens, prends ça. Bois un peu d'eau, tu m'as l'air au bord de l'évanouissement. Il faudrait peut-être que tu voies un médecin.

J'ai raconté le déjeuner, le suicide programmé de Marie-Aimée, les aveux, ceux de ses adultères, ceux des adultères de son mari, du mien, et enfin la trahison.

— Tu veux dire qu'André avec l'aide de son ami et collègue Jean a simulé une fausse crise cardiaque pour t'empêcher de partir ?

— Apparemment, ai-je répondu, encore sous le choc. Jean, André et cette vieille traîtresse de Marie-Aimée.

— La vache !

— Il a passé cinq jours en observation. Tu te rends compte ? Si ça se trouve, il retournait dans son lit et troquait sa blouse de chef de clinique contre celle de malade quand je lui rendais visite. Tu crois que tout le personnel était… complice de cette supercherie ? Bon sang et sa grognasse de secrétaire ? C'est elle qui m'a appelée pour me dire de venir au plus vite. Est-ce qu'elle aussi était de mèche avec eux ? Ce coup de fil était bidon et pourtant il a gâché ma vie. Tu imagines si je n'avais pas bousculé cette satanée étagère ? Je n'aurais jamais dû décrocher ce fichu téléphone.

— Va savoir ce qu'il aurait été capable d'inventer pour te faire revenir ! Faut bien avouer qu'il faut être un peu tordu sur les bords pour monter un stratagème pareil. Il a sûrement réagi sur le coup de l'émotion. Il n'a pas réfléchi et il a fomenté ce vilain tour pour t'empêcher de partir. D'une certaine manière, c'est…

— Si tu dis que c'est une preuve d'amour, je hurle. Je suis tellement en colère et je me sens honteuse à la fois. J'ai la nausée, Lucienne.

— De quoi as-tu honte, enfin ?

— Je me sens stupide. En plus, il n'est pas exclu que les infirmières complices savaient pourquoi elles devaient me faire croire à une crise cardiaque. Elles savaient que j'avais trompé André.

— On se demande bien qui trompe qui, dans ce bazar, ma chérie. Enfin, si ça peut te rassurer, tu sais, je doute fort qu'André ait souhaité ébruiter la raison de ce simulacre. Trop fier pour claironner qu'il devait empêcher sa femme de partir avec un autre. Tu poseras toutes ces questions à Marie-Aimée quand tu te sentiras prête à en savoir plus.

— Jamais ! Je ne veux plus jamais la revoir.

Lucienne s'est levée et m'a tendu la main pour m'inviter à faire de même.

Nous nous sommes dirigées vers le bâtiment de cardiologie, sans dire un mot, mais je sentais bien que mon amie bouillonnait elle aussi de colère.

— Quelle belle bande de pourritures ! Pardonne-moi, je ne devrais pas parler comme ça de ton mari et de ta meilleure amie, mais…

— Ne t'excuse pas, ils ne sont rien de moins qu'un ramassis de crevures. Quand je pense que j'ai culpabilisé toute ma vie.

Nous sommes montées rejoindre la bande.

Il manquait Paddy, toujours à Manchester, et Jo n'était pas vraiment dans son assiette ; moi, j'étais encore sonnée par la révélation qui venait de me tomber sur le coin du nez, mais nous étions ensemble.

Nous avons bavardé, rigolé, dit tout un tas de sottises. Je me sentais triste, en colère, trahie, mais en regardant mes amis, j'ai réalisé qu'avec eux je me sentais à ma place pour la première fois depuis longtemps. Je me suis levée et je les ai embrassés sur les deux joues un à un. Léon m'a demandé quelle mouche m'avait piquée et j'ai décidé de leur expliquer ce qui venait de m'arriver.

On peut dire que mon annonce a fait son effet. Mes amis n'ont pas ouvert la bouche pendant tout mon récit.

Je crois que ce qui les a le plus surpris a été d'apprendre mon aventure avec X.

Mais j'ai décidé de ne plus rien leur cacher.

J'ai gardé tellement de secrets pour moi tout au long de ma vie, je les ai enfouis et, avec eux, j'ai enterré la vraie Jeanne.

Quand je pense que ce que je croyais être une punition divine n'a été qu'une manigance de mon mari et de nos meilleurs amis, j'ai la tête qui tourne.

Je ne suis pas triste, je suis furieuse.

Je pense à toute cette culpabilité, ces crises d'eczéma chaque année avant que le colis arrive. Je me suis infligé mille souffrances, car j'étais persuadée que ma faute avait fait souffrir physiquement mon mari.

Fallait-il que je sois stupide à ce point ?

Toutes ces années, je m'en voulais d'avoir trahi nos vœux de mariage alors même que mon mari mettait régulièrement des coups de canif dans le contrat. Stupide !

Pourquoi n'ai-je jamais voulu ouvrir les yeux sur les nombreuses tromperies d'André ? Il aurait suffi d'une seule fois. Une seule coucherie. Simplement, regarder les choses en face. Me dire : « Bien, il te trompe, toi

aussi tu l'as trompé, vous êtes quittes ! Pardonne-toi ! »
Mais non. Je n'y suis jamais arrivée.

J'ai macéré dans la culpabilité, je me suis soumise
à mon mari, car j'avais honte de ce que je lui avais
fait... de ce que Dieu (ou l'univers) lui avait infligé
pour me punir.

Vendredi 7 mars, 12 h 45

Ce matin, je suis passée embrasser Jo avant mon week-end dans la Drôme chez Hervé.

Je ne voulais plus partir afin de rester avec mon ami souffrant, mais Jo a insisté pour que j'y aille.

— Tu ne vas pas me coller encore tout le week-end, non ? Allez, fiche-moi le camp dans ta famille. Je t'ai assez vue ! a-t-il plaisanté pour me convaincre.

— Je me sens mal de partir en ce moment. Nous avons tous besoin les uns des autres.

— Nous serons toujours là lundi, va ! Ne t'en fais pas. Et puis ma fille arrive ce soir, je ne vais pas lui présenter la plus délurée de mes amies. Fiche-moi le camp, ça me rendra service.

— Moi, la plus délurée ? J'en connais une que tu vas contrarier en disant cela.

— Je revendique mon statut de reine des déjantées de la bande. Ne me volez pas ma couronne, s'il vous plaît, a répliqué Lucienne en me tirant par le bras pour me faire quitter la chambre d'hôpital.

Dans le taxi du retour, mon amie m'a demandé si j'étais parvenue à fermer l'œil.

Je lui ai fait part de mes interrogations de la veille. Je savais d'avance qu'elle me serait de précieux conseil.

J'y vois un peu plus clair à présent. Lucienne a une fois de plus raison.

Ma culpabilité ne tenait pas tant au fait d'avoir trahi André pendant les quelques mois qu'a duré mon histoire avec X. Elle provenait plutôt de mon incapacité à l'aimer encore après ça. J'avais vécu à ses côtés, mais mon cœur était avec X. Pour toujours et à jamais.

Est-ce qu'André m'aimait quand même un peu ? Au point de faire croire à une défaillance cardiaque pendant toutes ces années ? Au point, en tout cas, de ne jamais me confronter à ma trahison ?

J'ai parfois laissé traîner les boîtes des colis que je recevais chaque année à la fin du mois de mai. André n'a jamais demandé ce que c'était.

Était-ce de l'amour ou de l'amour-propre ? Malheureusement, je ne le saurai jamais.

Dimanche 9 mars, 13 h 30

Nous sommes arrivés un peu tard vendredi soir.

Nous avons finalement pris la route à une seule voiture car, une fois de plus, l'ex-femme de Valérian a trouvé un prétexte pour ne pas envoyer les enfants en week-end avec leur père. Cette saleté règle encore sa rancœur envers lui en prenant les petits en otage. Je n'ose pas brusquer mon petit-fils qui semble marcher sur des œufs avec la mère de ses enfants, mais il faudra bien que quelqu'un lui dise un jour qu'il doit s'affirmer dans son rôle de père et exiger ce que le juge lui a accordé.

Il n'y avait donc avec nous que les jumelles de Wilfried. Enfin « que les jumelles »… il faut le dire vite. À seulement trois ans, mes petites puces font autant de raffut que toute une classe de maternelle.

Je me suis écroulée à 22 heures après avoir brièvement croisé Sybille, la compagne d'Hervé. Cette grande brune, robuste et souriante, m'a immédiatement semblé sympathique.

J'avais besoin d'une bonne et longue nuit de sommeil et le domaine de mon fils est parfait pour cela. Pas un bruit et une obscurité totale. Pour la citadine que je suis, c'est un luxe qui n'a pas de prix.

Je me suis réveillée le samedi matin à 10 h 30. Un tour de cadran ! J'en avais tellement besoin.

Valérian et Wilfried m'avaient préparé un petit déjeuner d'ogresse et étaient tout sourires en m'expliquant que, pour une fois, c'étaient eux qui me gâtaient. Les petites étaient au marché avec Hervé. J'ai enfin pu faire la connaissance de ma future belle-fille.

Pendant que je m'empiffrais de viennoiseries et de fruits frais, les jumeaux ont raconté à la compagne d'Hervé comment j'avais pris soin d'eux et de leurs cousins durant toute leur enfance. Je me suis régalée à les écouter.

Moi qui croyais qu'ils avaient oublié tous ces mercredis après-midi, ces week-ends, ces vacances où je m'occupais d'eux.

— Mamie nous a fait vivre « une enfance de princes ». C'est peu de le dire. Faut le vivre pour y croire. On était un peu comme des héros de roman, tu vois ? a expliqué Wilfried, la voix enjouée.

— Elle nous concoctait des chasses au trésor, fabriquait des cabanes immenses dans le salon, nous amenait chasser le dragon au parc de la Tête d'Or, a renchéri son frère. Pour l'anniversaire de Florence, ça devait être pour ses dix ans – Flo était obsédée par les girafes à l'époque –, Mamie a soudoyé le soigneur pour la laisser les nourrir et passer un peu de temps avec les bestioles. Flo a dit l'autre soir que c'était l'un des plus beaux souvenirs de sa vie.

— Elle s'en souvient ? ai-je demandé, émue.

— Tu rigoles, Mamie ? Florence nous soûle avec ça quand on joue à savoir qui est ton préféré. Elle croit toujours clore le débat avec l'histoire des girafes.

C'est toujours à ce moment-là que Nicolas la ramène avec vos vacances à Disneyworld tous les deux après sa greffe de rein.

— Vous jouez à savoir qui est mon préféré ? ai-je murmuré avant de me mettre à sangloter comme une Madeleine. Je croyais que vous aviez oublié tout ça.

— Oublier ? Ça va pas la tête. Des mamies comme toi, j'en souhaite à tout le monde, a ajouté Valérian en se levant pour me consoler.

— Pas moyen. Y en a qu'une au monde et c'est la nôtre, l'a corrigé son frère, en le poussant pour prendre sa place dans mes bras.

Sybille semblait émue par ce grand déballage familial.

— C'est impressionnant comme votre famille vous aime. J'avais tellement hâte de vous rencontrer, a-t-elle ajouté en me resservant du thé.

— Fais-moi plaisir, Sybille : dis-moi « Tu ».

— Je n'y arriverai jamais, Jeanne. C'est...

— Des foutaises, des conventions hypocrites. Regarde les Anglais, est-ce qu'ils s'embarrassent avec cette forme grammaticale stupide ? Ils n'en sont pas moins respectueux.

— Vu comme ça, a acquiescé la quinquagénaire, tout sourires.

— Mamie, t'es quand même vachement moins coincée qu'avant. Ils doivent être cool, tes copains à la résidence. Tu nous les présenteras un jour ? À moins que tu aies honte de ta progéniture trop conventionnelle, s'est moqué Wilfried.

— Toi et ton frère, conventionnels ? ai-je ri en attrapant la queue-de-cheval de Valérian et un des trucs emmêlés de Wilfried, ses sortes de gros boudins de

212

cheveux entortillés (il faut que je pense à lui demander comment s'appellent ces cheveux dégoûtants).

À discuter avec mes petits-fils et Sybille, j'ai pu apprendre des tas de choses sur ma belle-fille. Elle a été adoptée à l'âge de cinq ans. En guise de revanche sur sa naissance, elle a épousé un militaire haut gradé avec qui elle a eu sept enfants.

Le général, comme elle l'appelle, est mort d'un accident de vélo un beau matin du mois d'août.

— Je suis désolée, mon enfant, ai-je osé en lui caressant le dos de la main.

— Y a de quoi être désolé ! Mourir d'un accident stupide au camping quand on a passé sa vie dans les pires zones de conflit du globe, avouez que c'est vraiment bête comme mort.

Cette femme me fait penser à ma Lucienne ; le cuir tanné par la vie, mais toujours un bon mot ou une plaisanterie prête à fuser.

Hervé et mes petites chéries sont rentrés et nous avons pris une collation. L'ambiance était à la rigolade. J'ai trouvé mon fils très épanoui au contact de sa compagne. Il n'arrêtait pas de dire qu'il ne pouvait pas être plus heureux qu'aujourd'hui avec sa mère, ses fils et ses poupées jolies, comme il a baptisé les jumelles et la femme de sa vie.

La troisième fois qu'il a commis cette bourde, Valérian a tout de même ajouté avec une pointe de tristesse dans la voix que le bonheur serait complet pour lui si Karl et Louis étaient avec nous. Mon pauvre petit-fils, je sens qu'il va bientôt falloir que je m'y colle et que je lui dise comment il doit s'y prendre avec sa peau de vache d'ex-femme.

Après le déjeuner, les jumeaux sont repartis aider leur père aux ateliers.

La Drôme provençale, fidèle à sa réputation, était déjà presque étouffante à la mi-mars. Un bonheur pour moi qui n'en peux plus de la grisaille lyonnaise.

Pendant que les jumelles couraient dans le jardin, nous sommes restées toutes les deux avec Sybille à bouquiner, jouer au rami et boire des litres de thé glacé sous la tonnelle.

En fin de journée, nous avons préparé le dîner. Poulet rôti, pommes de terre au four et haricots verts à l'ail, le plat préféré des jumeaux quand ils étaient adolescents.

Après le dîner, nous sommes allés faire une promenade digestive dans le village.

Au hasard d'une ruelle, Hervé m'a demandé si j'aurais été heureuse de vivre ici avec lui si l'alternative de la maison de retraite ne l'avait pas emporté.

Je crois que oui. Finalement, Hervé est de loin celui de mes enfants qui me ressemble le plus.

Mon fils a failli s'étrangler quand je lui ai répondu que j'aurais été ravie de terminer mes jours auprès de lui mais que, tout compte fait, ma vie à la résidence se révélait plus excitante que je n'aurais pu l'imaginer.

— Tu veux dire que, finalement, tu te plais là-bas ?

— Eh bien, ce n'est pas comme chez moi, mais, tu sais... j'ai rencontré des amis sur place et on se soutient les uns les autres.

— Et vous faites les quatre cents coups ! a ajouté Sybille, hilare.

Visiblement, elle avait eu vent de mes dernières aventures.

— Je dois avouer que l'on se marre bien tous ensemble. C'est incroyable quand on y pense. Il m'aura fallu attendre quatre-vingt-un ans pour commencer à... comment tu dis, Wilfried ?

— À kiffer, Mamie !

— Oui, quatre-vingt-un ans pour enfin kiffer la vie. Vous devez me trouver stupide, Sybille. Pardonnez ma frivolité.

Ma future belle-fille m'a attrapée par le bras et m'a murmuré à l'oreille qu'en tant que mère dévouée à sa famille nombreuse elle comprenait très bien ce que je ressentais. Elle-même avait commencé à s'accorder un peu de temps depuis moins de deux ans, lorsque son dernier avait quitté la maison pour étudier à Paris. Période à laquelle elle avait également fait la connaissance de mon fils.

Comme je savais qu'elle n'était pas encore grand-mère, je l'ai taquinée en lui disant de bien en profiter, car la génération suivante et les baby-sittings n'allaient pas tarder pour Mamie Sybille.

Cette soudaine complicité a plu à Hervé qui s'est incrusté entre nous. Wilfried nous a rejoints en attrapant mon bras gauche resté libre. Dans le silence de ce si joli village, nous sommes rentrés lentement au domaine, accrochés les uns aux autres.

Une fois couchée, on a toqué à la porte. C'était Sybille, toute confuse de me déranger. Elle venait d'avoir une idée qui requérait mon aide.

Ma future belle-fille m'a demandé si je voulais bien l'initier à être une « super-mamie ». Nous sommes donc descendues et avons élaboré notre plan dans la maison endormie.

Sybille est une excellente couturière. Cela s'est révélé très utile. Jusqu'à 1 heure du matin, nous avons drapé tout le salon pour le transformer en château de princesse. Nous avons sorti l'argenterie d'Hervé ainsi que les verres en cristal. Les perles et autres petites merveilles toutes plus brillantes les unes que les autres de la boîte à couture nous ont également été bien utiles.

Il fallait voir la tête de mes puces au réveil. Un peu de tulle et de dentelle et elles n'avaient plus qu'à enfiler leur jupon à frou-frou. Mission princesse réussie !

Les petites sont aux anges et Sybille est officiellement devenue « Magic Mamie », d'après Wilfried qui veut toujours tout dire à l'anglo-saxonne.

Quand je l'ai repris sur l'usage de notre belle langue française, ce petit saligaud m'a fait les gros yeux en me disant qu'il était malvenu de ma part de rejeter l'anglais.

Sa boutade sur Paddy m'a rappelé que j'allais le retrouver dès mon retour à Lyon ce soir. Mais une angoisse m'a envahie lorsque j'ai réalisé que je n'avais reçu aucune nouvelle depuis trois jours.

J'ai osé un sms :

« Je compte toujours les heures : 5 heures et 45 minutes. »

Il a immédiatement répondu :

« Avant que je vous serre dans mes bras, tout contre mon cœur. »

Bon sang, cet homme me fait vraiment chavirer.

Lundi 10 mars, 10 h 45

Je remonte à l'instant du petit déjeuner.

Nous avons passé une excellente soirée avec Paddy.

Son fils nous avait fait livrer un plateau de mezze libanais et nous nous sommes raconté nos semaines respectives jusqu'à ce que le sommeil nous gagne.

Nous avons dormi dans sa chambre, collés l'un à l'autre. Son lit, bien qu'un peu plus large qu'un couchage une place, reste trop étroit pour nous deux.

J'ai l'épaule endolorie et Paddy semble souffrir des reins, mais cette proximité de nos corps assoupis était délicieuse.

Au réveil, il était penché sur moi. J'aimerais penser qu'il m'observait amoureusement, mais il se pourrait tout aussi bien qu'il fût en train de soulager son dos et, par ailleurs, incapable de sortir du lit sans m'enjamber donc m'écraser.

Étant tous les deux absents de la résidence depuis plusieurs jours, nous n'avions rien à nous mettre sous la dent pour le petit déjeuner. Paddy m'a demandé si j'accepterais que nous descendions ensemble déjeuner dans la salle commune.

Après une douche rapide, nous avons donc rejoint nos amis, déjà attablés.

Quand nous avons pénétré dans la grande salle, il m'a attrapé la main et nous avons marché côte à côte jusqu'à la table où nous nous installons toujours avec la bande.

Paddy m'a chuchoté à l'oreille :

— J'ai bien dit : ensemble.

Je jurerais avoir entendu un murmure s'élever des tables à la vue de nos doigts entremêlés. Je lui ai souri et nous nous sommes assis avec Léon et Lucienne, ainsi que Loulou, de retour parmi nous pour quelques jours de calme. Quelle joie de le retrouver !

Léon et Lucienne nous ont appris que Jo allait être transféré dans la journée en « suite de soins ». Le départ de Jo vers cette clinique privée à une dizaine de kilomètres à l'ouest de Lyon est, d'après Lucienne, une excellente nouvelle.

Moi, je trouve cela un peu inquiétant qu'il doive se mettre au vert plusieurs semaines. J'espère qu'il sera vite sur pied. Nous allons tous le voir demain.

Léon a demandé les coordonnées d'un taxi mini-bus à Monsieur Boris et a réservé pour nous cinq.

En attendant demain, je vais me reposer autant que possible toute la journée.

Je souris souvent en pensant à ma vie de momie d'il y a encore quelques semaines, mais je dois aussi veiller à ne pas trop tirer sur la corde.

Mes amis ont raison : nous avons quatre-vingts ans et cela ne veut pas dire que nous sommes bons à enterrer, mais, tout de même, je crois que j'exagère ces derniers temps.

Sinon, comme je m'y attendais, Marie-Aimée, la traîtresse, m'a adressé deux courriers à la résidence, mais je les ai déchirés sans prendre la peine de les ouvrir.

Lundi 10 mars, 20 h 45

Je viens peut-être de briser le cœur de Paddy en lui demandant si nous pouvions rester chacun chez soi ce soir. J'ai besoin de calme.

J'ai passé toute la matinée à me reposer et j'aurais aimé pouvoir en dire autant de mon après-midi. Ma famille a décidé que c'était le jour pour me téléphoner. Je soupçonne Hervé ou les jumeaux de leur avoir raconté notre très agréable week-end. Résultat : ils m'ont appelée les uns après les autres.

À l'heure du déjeuner, Marie-Ange m'a tenu la jambe près de vingt minutes. Alors qu'on nous servait le café, j'ai à nouveau dû m'excuser auprès de mes amis, car c'était au tour de Martine de prendre des nouvelles. Une fois dans ma chambre, j'ai eu une tierce franche de coups de fil avec Corinne, Florence et enfin Rose.

Comme j'avais bien compris que je n'allais pas être tranquille pour regarder mes feuilletons puis faire la sieste, j'en ai profité un peu.

— Bonjour, ma Rose. Je suis contente de t'entendre mais, bon sang, vous m'avez tous appelée depuis ce matin. Je ne suis pas sûre d'avoir le temps d'aller faire des courses si je passe la journée pendue au téléphone.

— Ah, mais ils ne t'ont pas livré samedi, ah bah non, je suis bête, tu étais dans la Drôme. Est-ce que tu veux que… attends, je regarde mon carnet de rendez-vous. Oui, ça devrait être jouable. Est-ce que tu veux que je passe te déposer quelques courses ?

— Oh non, ma chérie. Je n'oserais jamais. Avec tout ton travail, tu ne dois pas avoir le temps pour des banalités pareilles.

— Puisque je te propose, c'est que je peux.

— Bon, bon, si tu insistes. Et puis ça nous fera l'occasion de nous voir un peu toutes les deux.

Voilà comment joindre l'utile à l'agréable.

J'ai trouvé ma Rose en pleine forme. Elle m'a annoncé qu'elle venait d'avoir une promotion.

Quand je la regarde, une part de moi se reconnaît en elle. C'est une maman aimante et dévouée à sa famille. Mais je vois aussi la détermination de son père. André a toujours eu cette rage de réussir, cette certitude d'être au-dessus du lot.

Pourtant, ce n'était pas gagné. Aussi étonnant que cela puisse être de la part d'un psychiatre de renom, mon mari a toujours pensé que rabaisser nos enfants était un moteur pour leur donner l'envie de réussir. « Quel con ! » dirait ma Lucienne.

Je repense à cette fois où Marie-Ange était rentrée avec le tableau d'honneur et une moyenne annuelle de 9 ou 9,5 sur 10, je ne me souviens plus précisément. Ce bougre d'André lui avait caressé les cheveux avant de lui dire qu'elle pourrait se pavaner quand elle aurait 10 sur 10, l'excellence sinon rien.

Quel con, vraiment ! Et là, ce n'est pas Lucienne qui le dit.

Mercredi 12 mars, 10 heures

Hier, nous avons tous rendu visite à Jo.

La clinique est très jolie, sa chambre donne sur un grand parc arboré. Son voisin de chambre est un joueur de rami, pour le plus grand plaisir de notre ami.

Cela m'a tout de même fichu un coup de le voir là-bas. C'est comme si cela annonçait la fin de quelque chose. J'ai très peur qu'il ne retrouve jamais son autonomie.

Je ne sais pas ce qui m'a pris, mais alors que la discussion était très animée, j'ai eu une sorte d'idée folle et, sans pouvoir me retenir, je l'ai exposée à mes amis.

— Maintenant que j'y pense, je me dis que nous serions bien, tous installés dans mon appartement de la Croix-Rousse, non ?

— Pardon ? Nous ? Tu veux dire tous les six ? a demandé Lucienne.

— Qui d'autre ? Je ne sais pas pour vous, mais pour ma part, la résidence me coûte plutôt cher. On pourrait utiliser nos retraites pour payer quelqu'un qui se chargerait des repas, des courses et du ménage.

— Toi, tu as vu le reportage au journal télévisé ce midi, a ricané Jo.

— Oui, ils disent que la condition, c'est que les colocataires s'entendent bien, soient de bonne composition et avec un faible niveau de dépendance. C'est tout nous, ça !

— C'est tout nous, oui ! Mais cela ne va pas durer, a dit Jo.

— Tu comptes te fâcher avec nous ?

— Non, ma Lucienne, mais il faut se rendre à l'évidence. Nous allons devenir dépendants… de plus en plus.

— Stop, stop, stop ! Je refuse d'entendre des choses pareilles. Vous êtes venus me chercher jusque dans ma chambre pour me raconter vos belles histoires sur notre quatrième âge. Vous m'avez fait réaliser que nous pouvions encore entreprendre plein de choses et que nous devions avoir des rêves et même des projets. Regardez Loulou, heureusement qu'il croit en son destin. Bon sang, cela me met hors de moi de t'entendre dire des conneries pareilles, Jo.

En disant cela, je mesurai le niveau de colère que je venais de déverser injustement sur mon ami convalescent. Je me suis levée pour le serrer dans les bras et lui demander pardon.

— Allez, allez, arrête tes simagrées, ma Jeannette. C'est bon, tu es pardonnée, pas la peine de te prosterner devant moi.

— Excuse-moi, Jo. Mais, tu comprends, de nous tous, c'est toi qui es toujours le plus enthousiaste, alors t'entendre dire que nous allons devenir des légumes les uns après les autres, ça me…

— Ça te fiche en boule. Moi aussi, Jo. Ça me met en rogne de t'entendre dire des âneries de la sorte, a poursuivi Léon.

— Tu ne peux pas nous lâcher comme ça, a complété Lucienne. Sinon…

— Sinon, ça va chier des boules, a plaisanté Paddy.

Nous l'avons tous repris :

— Ça va chier des bulles.

— C'est bien ce que je dis, ça va chier des boules.

Nous avons beaucoup ri et, au moment du départ, c'est Jo qui a remis le sujet sur le tapis :

— On n'a qu'à se dire qu'on verra d'ici un mois ou deux pour cette histoire de colocation.

En rentrant, j'ai proposé à Paddy de nous préparer un dîner pour tous les deux. Je devais me rattraper pour l'avoir éconduit la veille.

Nous avons mangé, regardé une émission de divertissement stupide et, une fois la télévision éteinte, alors que j'installais l'oreiller de Paddy à côté du mien, j'ai jugé que c'était le bon moment.

— Je vais me faire une tisane. Est-ce que vous en voulez une ? Il faut que je vous parle de quelque chose qui me préoccupe, Paddy.

— Vous m'inquiétez, Jeanne. Est-ce que tout va bien ?

J'avais tellement envie et peur à la fois de lui parler de X et du tour de crapule que m'avaient joué Marie-Aimée et André. Les mots sont sortis sans filtre.

Bien sûr, je n'ai pas donné de détails concernant mon histoire d'amour avec X, je ne voulais pas lui faire de peine ou, pis, qu'il soit jaloux d'un fantôme de mon passé. Mais j'avais besoin qu'il me réconforte de cette trahison. Tout compte fait, avouer mon adultère à cet homme brisé par le sien s'est révélé une manière de me rapprocher de lui.

Une fois mon monologue terminé, Paddy m'a attirée vers lui et m'a serrée dans ses bras comme s'il consolait une enfant en pleurs. Je n'ai pas versé une larme, mais Paddy a réagi comme si. J'étais bien contre sa poitrine, j'entendais son cœur et cela a su apaiser la rage qui remonte en moi chaque fois que je songe à cette traînée qui a pris le pouvoir sur mon destin par pur égoïsme.

— Jeanne, il ne faut pas lui en vouloir. Elle a fait cela pour vous garder auprès d'elle. Qui pourrait laisser partir une personne comme vous sans tenter le tout pour le tout ?

Ce n'étaient pas du tout les mots que j'attendais. Pourtant, sa voix m'a calmée et nous nous sommes couchés en abandonnant nos tasses de tisane pleines sur la table de la kitchenette.

Nous avons à nouveau fait l'amour. C'était différent de la première fois, mais c'était tout aussi magique.

Vendredi 14 mars,
16 heures

Hier, Loulou a demandé que nous avancions notre soirée des regrets. Il doit repartir pour Paris la semaine prochaine. Notre ami a très envie de faire la fête avec nous avant. On le comprend.

Inutile de le dire deux fois à Léon et Paddy. Mes amis sont un peu moroses depuis que la moitié de nos effectifs masculins manque à l'appel.

Ils s'affairent donc depuis ce matin aux fourneaux pour nous préparer une surprise.

Loulou a passé la moitié de la journée au téléphone à donner des interviews et Lucienne et moi sommes reparties à la recherche de sa robe de mariée.

J'ai bien cru qu'elle allait arracher les yeux de la vendeuse qui a (enfin) osé lui dire qu'elle ne trouverait jamais de robe bleu canard.

Comme nous avançons notre soirée d'une semaine, j'en ai profité pour poser mon joker : si nous organisons notre petite sauterie plus tôt, je demande un sursis et reporte mon tour des regrets au mois prochain.

À ma grande surprise, mes amis ont accédé à ma requête sans broncher.

Samedi 15 mars, 15 heures

Qui a dit que la bière n'est pas un alcool fort ? J'ai une de ces migraines, bon sang !

Avec deux jours d'avance, nous avons fêté la Saint-Patrick hier soir.

Pas la fête de mon Paddy, mais bien celle du saint patron des Irlandais.

Léon et Paddy nous ont sorti le grand jeu.

Monsieur Boris n'ose plus rien refuser à Loulou, la nouvelle mascotte de la résidence, nous avons pu organiser notre repas dans la salle commune.

Loulou, Léon et Paddy nous avaient préparé une surprise de taille. D'environ 2,5 m sur 1,5. Avec l'aide de Monsieur Boris et Sylvain, ils ont installé un écran et un système de vidéoconférence. Notre Jo a ainsi pu dîner avec nous à distance. À chacune de ses interventions, Lucienne et moi ne pouvions nous empêcher de taper dans les mains comme des petites filles émerveillées.

Paddy avait préparé un repas traditionnel irlandais.

Sa soupe de poisson suivie d'un délicieux ragoût d'agneau a eu un tel succès que même Léon, notre critique gastronomique préféré, l'a complimenté. C'est dire !

Le pauvre Jo a dû se contenter du plateau-repas de la clinique, qui sentait mauvais même à travers l'écran. Vivement son retour ! Nous avons promis de le bichonner et de lui préparer ses plats préférés à tour de rôle pendant un mois dès qu'il sera de nouveau parmi nous.

Après le dîner, Paddy nous a initiés aux fléchettes, pour le plus grand plaisir de Lucienne qui a gagné les parties les unes à la suite des autres, en faisant rager tous les participants mais hurler de rire Jo depuis son lit médicalisé. Les discussions étaient animées et la bière a coulé à flots.

Vers 22 heures, Jo, qui voulait débrancher son matériel pour se coucher, a craché la Valda que mes amis gardaient pour plus tard dans la soirée.

— Bon, puisque vous n'abordez pas les sujets importants, je vais vous laisser, mes amis. Je commence à déranger mon camarade de chambrée.

Nous avons tous entendu le voisin de Jo, un quinquagénaire au pacemaker tout neuf, lui dire qu'il n'y avait pas de souci et qu'au contraire il se marrait bien à écouter nos histoires de vieux, mais Jo a insisté et coupé la communication.

Ça nous a fait bizarre d'un coup de ne plus voir sa tête immense et lumineuse projetée sur le mur. Lucienne a servi une nouvelle tournée de bière et a proposé que nous nous asseyions un peu pour discuter.

Tout le monde a obtempéré. Cela aurait dû me mettre la puce à l'oreille.

— Ma chérie, nous avons réfléchi et nous avons décidé que tu ne pouvais pas laisser la situation en l'état.

Je l'ai laissée poursuivre.

— Tu comprends, même si nous ne te connaissons que depuis quelques semaines, nous avons bien compris que tu es une femme forte qui encaisse tout sans broncher.

— Où veux-tu en venir Lucienne ? ai-je demandé agacée.

Je la voyais arriver avec ses gros sabots. Léon, Paddy et Loulou contemplaient leurs chaussures.

— Tu dois affronter ton regret. Nous avons avancé la soirée parce que nous pensons que Loulou est le mieux placé pour te convaincre d'affronter tes démons du passé, une bonne fois pour toutes. N'est-ce pas, Loulou ?

— Pardon, mais je ne suis pas sûre de comprendre. Vous avez comploté dans mon dos pour me forcer à affronter le complot de mon mari et de mon ex-meilleure amie ? Bravo, les amis, c'est d'une élégance ! Œil pour œil, complot pour complot !

— Ne te fâche pas, a repris Loulou. Nous n'avons pas comploté, même si c'est vrai que cela peut prêter à confusion. Ce week-end, quand tu n'étais pas là, nous avons abordé tes récentes misères et nous avons pensé qu'il serait bon de ne pas te laisser enfouir ta colère et ton chagrin. J'ai tenu à être là pour ton vendredi des regrets, car tu as, toi-même, joué un rôle déterminant dans le mien. C'est pour cela que nous avons un peu avancé notre soirée.

— Je ne comprends pas ce que vous attendez de moi, ai-je demandé, un peu calmée par les explications de mon ami, mais pas complètement non plus.

Mes amis ne tiennent pas tant à ce que je fasse la paix avec Marie-Aimée ; apparemment, ils gardent cela pour mon prochain regret, dans quelques mois ; non, ces vilains comploteurs se sont fichu en tête que je devais « boucler ma boucle ».

C'est finalement Paddy qui a trouvé les arguments pour me convaincre.

— Vous comprenez, Jane, je ne tiens pas du tout à vous jeter dans les bras de votre grand amour. Loin de là, même. Mais il s'avère que nos amis ont raison, vous devez regarder cet homme dans les yeux et lui expliquer ce qu'il s'est réellement passé. Vous avez dit qu'il ne savait même pas que la raison pour laquelle vous ne l'aviez pas rejoint à la gare ce jour-là était la crise cardiaque de votre mari. Il doit l'apprendre et il doit aussi savoir pour le piège qu'ils vous ont tendu.

— Je... euh... quel intérêt, près de quarante ans après ? À quoi cela va me servir ? Je suis bien avec vous, Paddy. J'en ai fini de chasser les fantômes du passé.

— Je croyais aussi que j'avais accepté la mort de ma femme et de mes enfants jusqu'à ce que je me trouve les genoux dans la terre à caresser leur pierre tombale. J'avais accepté, certes, mais je ne m'étais pas pardonné ma fuite. À votre tour, vous devez vous pardonner, Jane. Vous pardonner de ne pas l'avoir rejoint aussi.

— Nous avons conscience qu'il se peut qu'il ne soit plus de ce monde, ou qu'il soit encore en vie mais dans un monde parallèle, genre zinzin, tu vois le genre, mais tu dois faire les démarches pour le trouver et nous allons t'aider pour cela, a proposé Léon.

— Je n'ai pas besoin d'aide pour le retrouver. Je connais son adresse, ai-je avoué entre mes dents.

Mes amis se sont regardés, perplexes.

Je n'avais encore jamais parlé à quiconque de cette partie-là de ma relation avec X. Alors, la raconter à voix haute m'a donné l'impression que cela était encore plus dingue que cela ne l'avait été en réalité. Ça devenait subitement (cruellement) bien trop réel.

Pendant les quelques minutes de mon monologue, on entendit les mouches voler dans la salle commune.

— Le premier colis est arrivé le 29 mai 1969. À l'époque, chaque matin, j'avais pour habitude de faire quelques courses après avoir déposé les enfants à l'école. Le concierge de l'immeuble l'avait simplement déposé sur le paillasson. En sortant de l'ascenseur, j'avais les bras chargés de paquets. Je me souviens que je m'étais offert un gros bouquet d'anémones. J'avais besoin de réconfort. Cela faisait un an jour pour jour qu'André avait fait ce que je croyais encore être une crise cardiaque. Un an que j'avais laissé partir l'homme de ma vie.

Je me souviens qu'en voyant le colis j'ai su instantanément que c'était lui. J'ai déballé le paquet à même le sol sur le palier. À l'époque, nous avions déjà réuni les deux appartements de l'étage pour en faire un grand T6, André était à la clinique et les enfants à l'école. Je suis restée assise par terre devant ma porte pendant un bon moment, je ne saurais pas dire combien de temps.

— Mais, bon sang, qu'est-ce qu'il y avait dans ton fichu colis ? m'a demandé Loulou, impatient.

— Une superbe robe blanche en coton. Sobre, mais élégante. Un modèle que j'aurais pu moi-même acheter. Elle m'allait comme un gant.

— C'est con pour une robe, a plaisanté Léon.

— Si cela ne vous intéresse pas, pas la peine de tout vous raconter.

— NOOOON, ont supplié mes amis, dévorés par la curiosité.

— Je vous fais marcher. Une fois que mes fesses ont été complètement gelées par le carrelage et mon corps totalement déshydraté à force de pleurer, je suis rentrée chez moi, j'ai enfilé la robe, détruit le carton après avoir pris soin de mémoriser par cœur l'adresse de l'expéditeur, et je suis retournée à ma vie de maman. Je savais qu'il était là, quelque part, qu'il pensait à moi et cela a suffi à me rendre le sourire pour quelques semaines.

— Tu veux dire que l'adresse que tu as est vieille de cinquante ans ? On n'est pas rendus, s'est plaint Léon en nous resservant une tournée de bière.

— Est-ce que tu pourrais faire l'effort de suivre un peu ? l'a repris Paddy. Jeanne nous a dit qu'il s'agissait du premier paquet. Elle a sûrement une adresse plus récente, n'est-ce pas ?

— Pendant des années, j'ai songé à franchir le pas, le recontacter et le rejoindre, pour de bon cette fois. Après tout, j'avais son adresse, je savais qu'il pensait à moi. Mais…

— Tu es tombée enceinte, a poursuivi Lucienne.

— Oui. J'attendais ma petite Rose. Les grands étaient… grands. Alors, vous savez comme je suis attachée aux signes du destin, là, évidemment, j'en ai vu un et un immense même. Cette grossesse, c'était comme une promesse de lendemains meilleurs, après tout mes enfants sont ma plus grande richesse et le Ciel m'accordait une fois de plus la chance de donner la vie. Je me suis réinvestie dans ma vie d'épouse modèle et de mère de famille parfaite. Chaque année, à chaque colis, je retrouvais pendant quelques semaines le souvenir heureux de mon amour perdu. Cela me suffisait à…

— À être toi, a dit Lucienne.

— Oui, à être moi, peut-être. Sûrement. Pardonnez-moi, je suis vraiment pompette, je dois vous assommer avec mes histoires.

— J'espère que tu plaisantes, m'a rassurée Loulou.

— Le plus drôle, c'est que j'ai mis plus de dix ans à comprendre la signification des cadeaux. Onze ans précisément.

— Parce que, en plus d'être romantique, il y a un message caché ? a demandé Lucienne avide de détails.

— Eh bien, l'année où j'ai rencontré X, une des sœurs d'André a marié sa fille.

— Je ne vois pas le rapport…

— Léon, laisse Jeanne raconter et sers-nous plutôt une autre part de pudding, a demandé Lucienne.

— Dans le onzième colis, il y avait des boucles d'oreilles en corail, de toutes petites roses sculptées, sublimes ! Je les portais lors d'un déjeuner de famille et, en les voyant, ma belle-sœur m'a demandé d'où elles venaient. Je lui ai dit que je m'étais offert ce petit plaisir dernièrement. Chaque année, c'était une telle angoisse pour justifier mon cadeau. X m'envoyait des escarpins, une broche, une étole, que sais-je encore ? Un manteau en cachemire ! Vous imaginez ce qu'il m'a fallu inventer pour expliquer à mon mari pourquoi je m'étais offert un tel vêtement à la fin du mois de mai ? Bref, quand il s'agissait de camoufler des bijoux ou des vêtements, cela allait encore, mais par exemple, deux ans avant les boucles d'oreilles en corail, X m'avait fait parvenir un magnifique service à thé en faïence de Gien…

— Ton service à thé Bagatelle que j'adore ? a demandé Lucienne.

— Celui-là même ! Il fallait bien trouver une excuse à une telle dépense. Heureusement pour moi, le hasard fait bien les choses, ma fête tombe le 30 mai. Une année, j'ai simplement suggéré à André que, dorénavant, je choisirais moi-même mon cadeau de la Sainte-Jeanne. Le pauvre était tellement nul en cadeaux qu'il n'a pas fallu le lui dire deux fois. Est-ce qu'il était ravi d'être débarrassé du calvaire du cadeau à offrir ou savait-il d'où cela provenait ? Je ne le saurai jamais.

— Attends, mais tu digresses là. Et ta belle-sœur dans l'histoire ? a demandé Loulou.

— Oui, oui, pardon, donc Colette, ma belle-sœur, m'a dit que sa fille avait reçu un collier en corail de son mari l'année précédente pour leurs onze ans de mariage. Je n'avais toujours pas fait le lien, mais elle a cru bon d'ajouter que sa fille avait sauté de joie parce que, pour fêter leurs dix ans, elle avait été déçue par deux immondes chandeliers en étain. J'ai failli tomber dans les pommes. Je me souviens d'avoir simulé un mal de tête fulgurant pour pouvoir m'isoler et réfléchir dans ma chambre. X m'avait envoyé l'année précédente une statuette en étain représentant un homme et une femme se tenant par la main, mais se tournant le dos. André la trouvait horrible d'ailleurs. Quand j'y pense, je me dis qu'il ne pouvait pas ignorer chaque année ce nouveau présent que soi-disant je m'offrais à moi-même. En tout cas, il n'a jamais rien dit.

— Mais attends, il t'a écrit toutes ces années, et toi ? Tu n'as jamais répondu ?

— Il ne m'a jamais écrit, en fait. Il n'y a jamais eu le moindre mot dans les paquets. Il pensait peut-être que c'était trop risqué. Quant à moi, chaque année, je répondais d'un simple cœur que je dessinais sur une carte blanche.

— Attends, au risque de passer pour un âne, je ne suis pas sûr d'avoir tout compris, a avoué Léon.

— Léon, fais un effort enfin ! X envoie chaque 29 mai un cadeau à Jeanne en suivant la thématique des noces, a expliqué Paddy avec une pointe de sarcasme dans la voix.

— Oui, c'est tellement romantique, a repris ma Lucienne qui, contre toute attente, n'avait pas relevé l'ironie de son ami anglais. Bon sang ! Moi qui m'imaginais que le romantisme me faisait vomir, je crois que je vais pleurer.

— Voilà, vous savez tout. J'ai reçu quarante-quatre cadeaux à ce jour. Sur le dernier en date, il y a toujours la même adresse. Il n'a jamais déménagé, apparemment. Il y a sept ans, j'ai cru que c'était fini, qu'il était mort. Pas de colis, rien. Silence radio.

— …

— Mais, l'année suivante, le colis était là, le 29 mai au matin, sur mon paillasson.

Dimanche 16 mars, 18 heures

Nous ne nous sommes pas vus cette fin de semaine avec la bande.

Loulou passe le week-end chez sa fille. Paddy est invité à l'anniversaire d'un vieil ami. Léon et Lucienne se sont rendus dans l'Ain, dans le château qu'ils ont réservé pour leur mariage. Ils doivent rentrer ce soir et nous dînerons tous ensemble.

Pour ma part, je suis restée au calme hier. Je me sens de plus en plus fatiguée physiquement. À moins que ce ne soit émotionnellement... ou bien que ce ne soit la bière.

Quoi qu'il en soit, je me suis délectée de ma journée d'hier à ne rien faire. Cela m'a rappelé ma vie d'avant la bande. Et même si c'est ennuyeux, cela a le mérite d'être reposant.

Ce midi, avant d'aller dîner avec Auguste et Marjolaine, j'ai appelé Paddy. Je crois qu'il est très soucieux depuis que X est au cœur de nos conversations.

Je lui ai dit que j'avais hâte d'être à ce soir pour le voir. Je crois que cela l'a un peu rassuré que ce soit moi qui le sollicite. Je ne sais pas comment lui expliquer que, même si j'acceptais de retrouver X et même s'il me sautait au cou, je ne retournerais jamais avec celui qui ne représente plus qu'un souvenir de ma jeunesse.

X a été mon grand amour, l'amour de ma vie, même, mais si nous nous retrouvions maintenant, je pense que je sentirais encore plus l'absurdité de ces cinquante dernières années. Si cela doit se terminer ainsi, alors à quoi bon toute cette souffrance passée ? Et puis… je me dois aussi d'être honnête avec moi-même. Il se pourrait bien que je commence à tomber sérieusement amoureuse de ce cher Paddy.

Lundi 17 mars, 11 heures

Hier, nous avons dîné tous ensemble et Loulou nous a annoncé qu'il repartait aujourd'hui à Paris.

Son disque doit sortir dans trois mois et, apparemment, la presse est friande de son histoire... de « notre histoire », comme nous corrige toujours Loulou quand on parle de ce qui lui arrive.

En tout cas, il nous a demandé si nous pouvions lui rendre un service en participant un peu à sa promotion. L'émission d'actualité du dimanche soir lui a demandé s'ils pouvaient faire le portrait de sa bande d'amis. Ils voudraient filmer la résidence mais, nous concernant, ils aimeraient que nous montrions un côté plus moderne et dynamique des octogénaires. Il faut que l'image de la bande colle avec ce que raconte la presse : Le Roi Louis, le papi chanteur hors du commun. C'est sûr que la résidence, c'est tout ce qu'il y a de plus déprimant pour l'audimat. Non, mais, je vous jure ! La production nous laisse choisir où nous souhaitons être filmés. À nous d'être créatifs.

Jo a suggéré à Loulou que nous devrions en profiter pour nous faire payer le restau chez Bocuse. Il faut avouer que c'est une assez bonne idée, on adore s'en mettre plein la panse et cela illustrerait parfaitement notre ville et son art de vivre et de bien manger.

Mais Lucienne nous a fait remarquer que nous omettions tous un petit détail : il n'est pas question que nous parlions de la bande sans que Jo soit parmi nous.

Sur une proposition de Léon, nous avons donc décidé d'organiser l'interview dans le parc de la clinique de Jo.

Lucienne et moi avons pris rendez-vous chez le coiffeur ce matin à la première heure. Il ne s'agirait pas non plus de passer à la télévision et de ne pas être sur notre trente et un. C'est excitant, tout de même. Si on m'avait dit, il y a trois mois, que j'allais passer à la télévision, je n'en aurais pas cru un mot.

Mardi 18 mars, 21 heures

Cela fait deux nuits d'affilée (et il ne devrait pas tarder à me rejoindre pour la troisième) que Paddy et moi dormons ensemble. J'aime tellement me réveiller à ses côtés.

Hier matin, j'étais troublée en me réveillant. J'avais encore les yeux clos et je me suis rendu compte que je tenais dans ma main le coin de son pyjama, comme je l'avais fait avec André pendant toutes nos années de mariage.

Je ne saurais pas dire si je trouve cela gênant ou réconfortant. Je suis un peu perdue.

Ce matin, en descendant petit-déjeuner, nous avons croisé Monsieur Boris. Il nous a demandé très gentiment « parce que vous comprenez, personnellement, je suis ravi que les choses prennent une telle tournure pour vous, mais »… mais cela pourrait déranger les autres résidents que nous contournions le règlement. Bien, bien. Il nous demande seulement d'être un peu plus discrets concernant nos allées et venues dans nos chambres respectives.

J'ai failli mourir de honte en pensant qu'il savait que nous passions nos nuits ensemble. Lui avait l'air de trouver cela normal. Vous me direz, il a dû en voir des vertes et des pas mûres, depuis qu'il dirige la résidence. Enfin, plutôt des bien vertes et des trop mûres !

Sinon, ce matin, il y avait encore une lettre de Marie-Aimée au courrier. Je ne l'ai pas plus ouverte que les précédentes.

Cet après-midi, il y avait un atelier jardinage dans la salle commune.

C'est Sylvain, notre gentil gardien, qui donne un peu de son temps pour nous enseigner les rudiments du potager citadin. Depuis le temps que Léon et Jo cassent les pieds à Monsieur Boris pour que nous puissions planter quelques graines dans le petit jardin de la résidence, il faut que cela soit installé quand notre ami est en convalescence.

Lucienne et moi n'avons pas pu participer, car nous avions rendez-vous chez le coiffeur et chez l'esthéticienne. Nous allons exceptionnellement rendre visite à Betty et à sa fille chez elles. Comme elles ne viennent à la résidence que le vendredi et que l'interview est prévue demain matin, nous avions, à contrecœur, pris rendez-vous dans un salon de coiffure du quartier. C'était compter sans les indiscrétions de Monsieur Boris et d'Hélène. Lorsque nous les avons informés que nous annulions notre participation à l'atelier jardinage pour cause d'urgence esthétique, ils ont eux-mêmes appelé Betty qui nous a proposé de passer à son domicile pour nous faire bichonner.

Notre coiffeuse attitrée habite une charmante maison en dehors de la ville. Nous avons ainsi pu profiter de son jardin autour d'une bonne tasse de thé.

J'ai dû répéter cinquante fois au moins que c'était un temps de printemps et Lucienne a passé la journée à me rabâcher que c'était normal puisque c'était précisément le printemps dans deux jours. Incroyable comme cet hiver est passé vite. Je n'ai pas vu les semaines défiler. Et ce n'est pas qu'une impression. J'ai une échelle de comparaison imparable pour savoir si ma vie est plus ou moins animée, il s'agit du nombre de carnets que je noircis. J'ai une moyenne de deux carnets par année. Rien que pour cet hiver, j'ai déjà presque terminé un cahier entier.

Quelle drôle de vie je mène !

Mercredi 19 mars, 18 heures

C'est valorisant d'être filmée et que l'on nous pose plein de questions, mais je ne ferais pas ça tous les jours. Je me demande comment fait Loulou depuis des semaines. Nous venons de rentrer et nous sommes éreintés.

Nous sommes arrivés une bonne heure avant le rendez-vous avec l'équipe de tournage à 13 h 30. Nous avons mangé dans le parc de la clinique des sandwichs préparés par Léon. Comment fait-il pour nous régaler chaque fois ? Même avec un simple en-cas, quel talent !

Nous étions tous sur notre trente et un et d'excellente humeur. Nous avons taquiné Jo tout l'après-midi, car cela fait plusieurs fois que nous le trouvons en compagnie de différentes dames lorsque nous lui rendons visite. Notre ami fait le joli cœur, ici. Cela nous amuse beaucoup, il n'est pas tellement coureur à la résidence. Comme quoi !

L'équipe de tournage devait être légère d'après Loulou. Nous avons tout de même vu arriver deux cameramen, un monsieur tout maigre qui portait une sorte de gros chat mort au bout d'une perche, une charmante journaliste qui nous a donné l'impression que sa grand-mère lui manquait vraiment beaucoup et un très jeune homme envoyé par la maison de disques.

Je crois que nous nous en sommes plutôt bien sortis. La journaliste nous a demandé de nous présenter puis de raconter comment nous nous étions rencontrés.

La presse a déjà évoqué à quelques reprises nos rendez-vous mensuels en les qualifiant de « dîners du souvenir ». Cette fois-ci, nos vendredis des regrets étaient le cœur du propos. Pour cette dernière partie de l'entretien, les caméras étaient plus près de nous, la journaliste voulait saisir nos moindres mouvements. Je crois qu'aucun de nous n'était très à l'aise avec cette proximité.

Petit à petit, mes amis ont raconté. Pas dans les détails, bien sûr, mais dans les grandes lignes. C'était comme si les caméras n'étaient plus vraiment là, comme si on avait tous oublié que cela allait être raconté à la télévision dans quelques jours et vu par des millions de personnes.

J'étais la dernière à devoir dévoiler mon regret. Bien sûr, il n'était pas question que je dévoile quoi que ce soit de celui-ci. Et puis, de toute façon, ce n'était pas mentir que de dire que je n'en avais pas. Dans les faits, ma soirée du regret n'avait pas abouti sur une décision de retrouver X, mais simplement sur l'éventualité que, dans les mois à venir, j'envisage de prendre contact avec lui.

Ainsi, quand la journaliste s'est tournée vers moi et m'a demandé quel était mon regret, j'ai bafouillé quelques secondes avant de me lancer dans une excuse en carton.

— Eh bien… euh… en fait, j'ai rejoint la bande, un peu après les autres, il y a seulement deux mois, alors mon tour n'est pas encore arrivé. Je réfléchis, mais vous savez, ce n'est pas évident, à nos âges… c'est-à-dire que…

C'est alors que Léon m'a coupé la parole et s'est mis à chanter Édith Piaf, *Non, je ne regrette rien*. Lucienne, Jo et Paddy l'ont suivi.

Quand j'ai repris mes esprits, je me suis mise à chanter avec eux et, au sourire de la journaliste qui nous faisait de grands mouvements de bras pour nous encourager à poursuivre notre chanson, j'ai compris que j'étais tirée d'affaire. Léon venait de me sauver la mise, une fois de plus.

Quand l'équipe de tournage est partie, je l'ai remercié pendant plus d'un quart d'heure.

— Je t'en dois une, mon Léon. Comment te remercier ?

— Pas besoin de me remercier, c'était un plaisir de vous faire tous chanter devant la France entière avec vos voix de casseroles, s'est moqué gentiment notre ami. Encore que, en y réfléchissant, il y a bien une chose que tu pourrais faire pour moi.

— Tout ce que tu voudras.

— Est-ce que tu pourrais essayer de convaincre ta tête de mule de copine, j'ai nommé ma merveilleuse et raffinée future épouse, Mlle Lucienne Izraelski, de ne pas s'obstiner à vouloir porter une robe de mariée bleu canard.

— Ha ha. Ça, mon cher ami, cela fait des semaines que j'essaie, mais elle ne veut rien savoir, n'est-ce pas, tête en bois ?

— Fichez-moi donc la paix. Les mariées en blanc symbolisent la pureté et la virginité. À qui vais-je faire croire que je suis encore vierge ? s'est amusée ma Lucienne en dandinant du popotin.

Cela a déclenché chez nous un tel fou rire qu'une infirmière est venue nous demander de faire moins de bruit et, au passage, de quitter l'enceinte de l'établissement, car il se faisait tard.

Alors ça ! Virés comme des malpropres d'une maison de repos ! Il faut le faire ! Nous l'avons fait !

Vendredi 21 mars, 11 h 30

Hier, j'ai reçu à l'improviste la visite de Denise, la fille de Marie-Aimée. Nous nous sommes toujours très bien entendues, elle et moi. J'étais comme une tante pour elle. J'ai été si souvent en compagnie de sa mère que je l'ai vraiment vue grandir puis fonder sa propre famille. L'envoyer balader n'a pas été une mince affaire.

— S'il te plaît, Jeanne. Je sais que tu n'es pas cette femme dure que tu campes devant moi. Je sais que tu as un cœur immense et qu'au fond de toi tu aimes toujours maman.

— Bien sûr que je l'aime toujours, cette... argh, je préfère me taire.

— Si j'ai réussi à pardonner son mensonge, je sais que tu peux le faire, toi aussi. Elle n'est plus la même depuis votre déjeuner.

Je lui ai dit que j'allais réfléchir, plus pour me débarrasser d'elle qu'autre chose. Peut-être aussi parce que

je savais qu'en racontant cela à mes amis, eux aussi me
ficheraient un peu la paix avec cette histoire de pardon.

J'allais oublier, le téléphone n'a pas arrêté de sonner
depuis hier soir et toute la journée d'aujourd'hui.
Toute la famille y est allée de son compliment. Même
Marjolaine !

Hier soir, avant le journal télévisé, l'émission du
dimanche a diffusé une publicité pour annoncer la
prochaine diffusion. L'extrait choisi est celui de notre
reprise d'Édith Piaf. C'est assez touchant, on voit
Loulou à Paris qui chante par-dessus nos voix alors
qu'il visionne notre interview les larmes aux yeux.

Je jurerais avoir vu Lucienne et son cœur en béton
verser une petite larme en voyant cela.

Nicolas et les jumeaux m'ont dit que l'on faisait
le « buzz ». Apparemment, cela veut dire que tout le
monde regarde les images sur Internet.

Je sais bien qu'il faut vivre avec son temps, mais...
parfois, je me demande si le monde n'est pas devenu
un peu con quand même.

Dimanche 23 mars, 18 heures

Hier après-midi, nous avons rendu visite à Jo. Il reprend du poil de la bête et nous avons bon espoir qu'il soit de retour à la résidence d'ici à quelques semaines.

En quittant le parc de la clinique, j'ai rencontré le fils Benayoun.

Il m'a donné des nouvelles de ses parents. Il n'y a pas à dire, ils ont vraiment été de chics voisins pendant toutes ces années.

Je me suis sentie un peu honteuse parce que j'ai bien vu qu'il était étonné de me trouver en bonne forme. J'imagine que la nouvelle de ma subite sénilité leur était parvenue. S'ils s'étaient ainsi expliqué le fait que je ne leur donne pas de nouvelles, après plus de quarante ans d'amitié, ils vont être déçus quand leur fils leur transmettra mes amitiés. Je vais leur passer un coup de téléphone dans la semaine. Je ne sais pas encore comment je vais expliquer ma goujaterie, mais je trouverai bien quelque chose pour faire passer la pilule.

Lucienne m'a conseillé de dire la vérité. Non pas toute la vérité, mais une version édulcorée, comme quoi j'étais déboussolée en arrivant à la résidence, que j'ai préféré couper les ponts avec mon passé dans un premier temps, mais qu'à présent j'ai trouvé mes marques ici, alors je reprends contact avec mes vieux amis.

Je crois qu'elle a raison. De toute façon, je vais devoir trouver une version plausible à raconter parce que, d'après mes petits-enfants, la vidéo de notre chanson avec la bande a été vue plus de trois cent mille fois en deux jours et la diffusion de l'émission sur Loulou tout à l'heure promet d'être très populaire.

Est-ce que l'on peut m'expliquer qui sont les trois cent mille pingouins qui ont perdu une minute de leur vie à aller sur un ordinateur pour regarder de vieux croûtons saboter un classique de la chanson française ? Je m'efforce de comprendre le monde moderne mais, franchement, ce n'est pas toujours évident.

Ce midi, nous avons tous déjeuné dans le restaurant de Thomas, le fils de Paddy.

Ce dernier m'a présentée à la brigade de son fils comme « sa douce et tendre Jane ». Rien que ça ! Je fais la maligne maintenant, mais sur le coup je n'en menais pas large et, à la fois, j'étais absolument ravie d'être ainsi étiquetée.

Il me faut à présent lui trouver un petit surnom, mais, comment dire ? je trouve que Paddy, en soi, cela ressemble déjà à un petit sobriquet affectueux, non ?

Le déjeuner était divin. Je comprends la renommée de l'établissement, c'est amplement mérité.

Sur le chemin du retour, Lucienne a relancé le débat.

— Est-ce que tu as réfléchi depuis notre dernière discussion, ma Jeanne ?

— Réfléchi à quoi ? ai-je simulé.

Mes amis prennent trop à cœur leur « mission zéro regret » et je crains qu'ils ne me fichent pas la paix avec ça de si tôt. Moi qui comptais noyer le poisson avec cette histoire de X.

— Si ça se trouve, après notre passage à la télé ce soir, c'est X qui va venir à toi, et comme ça, plus besoin de te convaincre de lui dire la vérité, a ricané Léon.

Je n'avais pas du tout pensé à cette possibilité.

Une fois de retour à la résidence, Paddy et moi sommes allés dans son studio. Cela fait plusieurs jours qu'il me demande de l'aide pour trier son placard et ses vêtements d'hiver. C'est étrange comme je me sens à l'aise dès qu'on me demande de superviser une activité domestique. Il en a été ainsi toute ma vie et c'est toujours le cas, même à la résidence. Nul doute que je superviserai les activités de mes voisins de tombe au cimetière.

— Jane, est-ce que je peux vous demander un service, ma chérie ?

— Mais bien sûr, Paddy. Tout ce que vous voudrez.

— J'aimerais que vous acceptiez de retrouver votre ancien amant, s'il vous plaît. Faites-le pour moi.

— Pour vous ? Mais enfin, je ne comprends pas. Vous me jetez dans ses bras ?

— Non, Jane. Mais je crois que, si vous n'allez pas au bout de votre regret, l'ombre de votre amour avec lui planera toujours au-dessus du nôtre.

253

Je suis restée silencieuse quelques secondes. Je ne trouvais rien à objecter.

— Vous avez raison, Paddy. Je vais aller prendre un café avec X pour mettre un point définitif à notre… histoire. Ce sera l'occasion de le remercier pour ses cadeaux, et de lui dire la véritable raison pour laquelle je ne l'ai pas rejoint, et ensuite… Promettez-moi que nous ne parlerons plus jamais de cette vieille histoire.

— Je vous le jure, ma Jeanne, m'a répondu Paddy en baisant le bout de mes doigts un par un.

— Cependant, j'ai moi aussi un petit service à vous demander.

— Bien sûr.

— Je crois que, vous aussi, vous devez aller au bout de votre regret. Il faut que vous parliez avec Thomas. Vous devez lui dire la vérité. Vous parlez à Thomas, je parle à X.

Paddy m'a tapé dans la main et j'ai tapé dans la sienne comme quand les jeunes passent un accord.

Nous nous sommes allongés devant un téléfilm et nous avons fait la sieste.

Je me suis réveillée en sursaut, trempée de sueur. J'ai encore fait ce fichu cauchemar. Je l'ai déjà fait deux fois cette semaine. J'ai treize ans, je joue avec mes frères dans le verger de la maison du Luberon. Nous courons comme des fous. Nous rions à en perdre haleine. Soudain, mon frère Hector se met à pleurer. Il a perdu une dent. Nous l'aidons à la chercher, mais alors, nous aussi, nous nous mettons tous à perdre nos dents.

Pas besoin des explications de ma Lucienne pour le coup. C'est limpide.

Enfin, je crois.

En ce moment, j'imagine souvent qu'avec la bande nous remontons le fil de la vie à contresens. C'est vrai, non ? Notre amitié nous rajeunit follement.

Et si ces semaines de légèreté, de rigolade et d'insouciance avec la bande n'étaient que l'adolescence de notre descente aux enfers ?

Si l'on remonte encore le fil, alors on redevient des bébés, des êtres dépendants qui bavent et se pissent dessus. Des vieux, quoi ! Des vrais !

Bon, il est presque 19 heures, je dois vite rejoindre mes amis dans la salle commune. Nous allons regarder l'émission en direct tous ensemble.

Lundi 24 mars, 16 heures

Je crois que nous nous sommes laissé déborder par la situation, c'est peu de le dire.

Bon sang, les gens n'ont décidément plus grand-chose pour se divertir.

Après la diffusion de l'émission hier soir, nous avons été assaillis.

Nos familles, nos amis, nos anciens amis oubliés depuis des années, les collègues, les voisins, et bien sûr tout un tas de parasites curieux, tout le monde veut nous parler, nous encourager, nous féliciter.

C'est incroyable comme un passage de quelques minutes sur les écrans de télévision peut provoquer des réactions stupides. Comme si nous étions des stars. Non mais, je vous jure !

Ce matin, Auguste et Martine sont venus me voir pour parler de la situation. Leurs téléphones respectifs ont sonné jusqu'à point d'heure hier et dès l'aube aujourd'hui.

Du grand n'importe quoi ! Comme si notre amitié avec Loulou et notre petite chansonnette improvisée méritaient tout ce battage.

Enfin, il paraît que nous sommes, deux points à la ligne, ouvrez les guillemets, « incroyables, tellement touchants, un message d'espoir pour les jeunes générations, une bouffée d'air frais dans la grisaille sociale actuelle, un exemple à suivre pour toutes les personnes qui veulent jeter l'éponge, la preuve qu'il n'y a pas d'âge pour être heureux », bla-bla-bla… Et j'en passe, des conneries pareilles.

Nous avons convenu avec mes enfants et mes petits-enfants que mon numéro de mobile ne serait transmis à personne et que je recontacterai les gens si cela me chante au coup par coup.

Ce n'est pas que je veuille faire ma star, mais j'ai encore du mal à croire que la petite jeune fille qui donnait des cours particuliers de mathématique aux jumeaux chez moi le mercredi, il y a plus de vingt ans, les a retrouvés sur Internet pour leur dire de me passer le bonjour. Cette femme doit avoir pas loin de quarante ans maintenant, elle n'a donc rien de plus intéressant à faire ?

Bref, nous voilà au centre de toutes les discussions à la résidence, encore plus que nous ne l'étions déjà. Le fils d'un résident a même demandé à Léon de lui signer un autographe ce midi.

Dieu, que ce monde va mal !

Jeudi 27 mars, 10 heures

Dans quel pétrin on s'est fichus avec cette interview...

Cela fait trois jours que les journalistes campent devant la résidence.

Ce bourbier nous rend un peu paranoïaques, alors nous ne sortons pas trop cette semaine. Nous nous retrouvons dans les appartements des uns des autres et nous nous faisons même monter nos repas pour ne plus avoir à nous rendre dans la salle commune. Ce soufflé médiatique va bien finir par retomber.

Hier, Corinne et Florence sont passées me porter quelques courses. Elles ont trouvé que j'avais mauvaise mine à force de rester entre quatre murs. D'autant que le soleil est enfin là et que le climat est délicieusement doux.

Rester confinée depuis trois jours est une véritable torture. Alors, j'ai décidé de prendre les choses en main.

Je me suis souvenue d'une discussion entre mes enfants et mes petits-enfants au sujet d'un chauffeur privé qui fait apparemment concurrence aux sociétés de taxi. Après avoir dîné dans la chambre de Léon, j'ai appelé Nicolas.

— Mon chéri, c'est Mamie. Dis, tu pourrais me rendre service, s'il te plaît, et appeler l'ami chauffeur dont tu nous as parlé au ski le mois dernier ?

— Je ne vois pas de qui tu parles, Mamie.

— Ton ami, je crois que tu as dit qu'il s'appelait Hubert…

— ???

— Mais si, ton ami qui est devenu taxi.

Rire au bout du fil.

— Ce n'est pas mon ami, Mamie. C'est la société pour laquelle il travaille qui s'appelle Uber.

— Ça va, ça va, moque-toi de ta vieille grand-mère sénile.

— Oh, ne te vexe pas. Je ne me moque pas, c'est que…

— Dis donc, tu sais que je vais avoir quatre-vingt-deux ans ?

— Oui, dans quelques jours, pourquoi ?

— Parce que j'aimerais bien ne pas passer le temps qu'il me reste sur cette terre à attendre ta réponse. Est-ce que tu peux l'appeler, ton ami Yubeur ?

Voilà, d'ici deux heures, un chauffeur va venir nous chercher avec la bande.

Une journée à l'extérieur nous fera le plus grand bien.

Vendredi 28 mars, 5 heures

Impossible de fermer l'œil cette nuit. Paddy est fâché. Il dit que ce n'est pas contre moi, mais je sens bien qu'il m'en veut.

Hier, nous sommes passés par le local à poubelles de la résidence afin de nous faire la belle pour la journée. Le taxi privé nous attendait et nous lui avons demandé de nous conduire à la clinique de Jo.

Sur le chemin, il y a le fameux restaurant de Paul Bocuse.

— Bon, sérieusement, quand est-ce qu'on se le fait, ce déjeuner chez Dieu le Père ? a demandé Léon.

— Depuis le temps qu'on en parle, c'est vrai qu'il va falloir passer à l'action un de ces jours, a répondu Lucienne.

— Excusez-moi, monsieur. Est-ce que nous pourrions changer d'itinéraire ? ai-je demandé.

— Hum… Le problème, madame, c'est que, si j'ai bien compris ce que vous m'avez expliqué, c'est votre petit-fils qui est titulaire du compte Uber ?

— Euh… oui, sûrement. En tout cas, cela ne peut pas être moi puisque je ne sais même pas de quoi il s'agit.

— Alors il faudrait qu'il modifie l'adresse de destination à partir de son téléphone et…

— Popopop ! Je vous coupe, pardonnez-moi. Ne changez rien de ce qui était prévu, l'a interrompu Léon.

Pendant que nous attendions que Jo négocie sa sortie avec le personnel, j'ai appelé Nicolas. Il a reprogrammé une course et Hubert, qui ne s'appelle pas Hubert, nous a tous déposés chez Bocuse. On n'allait tout de même pas faire ripaille sans Jo !

Bon, une fois sur place, nous nous sommes vite rendu compte que la spontanéité n'était pas toujours bonne conseillère. Arriver à l'improviste chez Bocuse à 13 heures et demander une table pour cinq ? Mais bien sûr ! La jeune femme qui nous a accueillis a écarquillé les yeux si grand que l'on a cru que ses globes allaient tomber de ses orbites. Elle ressemblait à un personnage de dessin animé apeuré par un méchant. Nous nous apprêtions à rebrousser chemin lorsqu'un homme d'une cinquantaine d'années nous a abordés pour nous demander un autographe.

Nous nous sommes regardés les uns les autres parce que, Loulou n'étant pas avec nous, nous ne voyions vraiment pas lequel d'entre nous devait signer. Et puis signer quoi et pourquoi ?

Nous avons expliqué cela au monsieur, mais il s'est montré très insistant. Le gentil bonhomme, dentiste de métier, voulait absolument une preuve qu'il nous avait rencontrés : « Pour faire bisquer ma femme, elle vous adore. »

Nous avons accepté de prendre une photographie avec lui. Nous ? Cinq petits vieux inconnus fraîchement médiatisés. Comme par magie, une table s'est libérée pendant que nous bavardions avec notre « fan ».

Faut bien l'avouer, la célébrité, ça a du bon.

Le repas a été… comment dire ? Délicieux bien sûr, mais aussi bien arrosé.

Quand le digestif et le café sont arrivés, j'étais un peu pompette et j'ai lâché :

— Vous allez être heureux de savoir que j'ai décidé, sous la pression, je tiens à le préciser, de céder à votre harcèlement.

Lucienne a immédiatement compris et a tapé dans ses mains, comme elle fait quand elle est joyeuse.

— Mais, car il y a un mais… Paddy, lui aussi, doit aller au bout de son regret et il s'est engagé à parler avec Thomas de…

— De sa vie d'avant, m'a interrompue Jo, qui sentait que j'allais m'enliser dans une périphrase.

Nous avons trinqué à ces bonnes résolutions et avons imaginé comment j'allais reprendre contact avec X. L'alcool aidant, aucune de nos pistes ne nous a semblé sérieuse. Nous avons rapidement dérivé vers une éventuelle destination collective pour les vacances d'été, sur l'envie de Jo de visiter New York et je ne sais quoi encore.

Nous n'avons quitté le restaurant qu'en fin d'après-midi après avoir trinqué avec une bonne partie de la brigade. Nicolas avait commandé deux chauffeurs, un pour nous et un pour Jo.

Une fois rentrés, nous avons tous filé à la sieste. Il était près de 18 heures et nous étions ronds comme des queues de pelles.

Paddy et moi avons préféré nous séparer pour mieux profiter de nos lits respectifs.

Enfin, c'est ce que je croyais à ce moment-là.

Bien sûr, après l'orgie que nous avions faite à midi, il n'était pas question de dîner.

Nous avons tout de même convenu de nous retrouver dans la salle commune pour prendre une petite tisane vers 20 heures.

En rejoignant mes amis, j'ai tout de suite senti que Paddy était étrange. Il ne me regardait pas dans les yeux et semblait bouder.

Léon et Lucienne nous ont rapidement faussé compagnie. Nous sommes restés assis tous les deux dans l'immense salon désert sans échanger une parole. Malaise.

Après quelques minutes interminables, Paddy m'a dit qu'il voulait se coucher tôt. Il s'est levé, m'a tendu la main pour m'inviter à le suivre et m'a raccompagnée jusqu'à mon étage.

Lorsque nous ne dormons pas ensemble, Paddy et moi avons déjà nos petites habitudes. Il me conduit jusque devant ma porte au quatrième étage, puis je le raccompagne jusqu'à l'ascenseur et il redescend chez lui. Des adolescents ne feraient pas mieux !

Alors que nous étions en train d'attendre l'ascenseur, j'ai senti que Paddy allait filer à l'anglaise, pour faire un mauvais jeu de mots, et qu'il allait me planter sur mon palier pour la nuit sans même m'avoir avoué les raisons de son mécontentement. Cela m'a mise très en colère, alors j'ai osé :

— Est-ce que vous êtes fâché, Paddy ?

— Non, *my dear*, tout va bien. Je suis simplement fatigué.

Mais on ne me la fait pas à moi. On ne me la fait plus en tout cas.

— Je vois bien que vous êtes froissé, mais je ne comprends pas ce que j'ai fait, Paddy.

— Je vous dis que tout va bien. Bonsoir, Jeanne.

Paddy est entré dans l'ascenseur après m'avoir embrassée sur le front, comme on embrasse un enfant.

Je suis rentrée furieuse et totalement impuissante. J'ai dormi moins de cinq heures et je suis pourtant en pleine forme. Quoi qu'il en soit, pas question de descendre déjeuner avec les autres ce matin. D'abord parce que j'ai déjà bu trois cafés et englouti cinq madeleines et surtout parce que je ne veux plus me retrouver dans la situation d'hier, avec Paddy qui boude et moi qui lui quémande un sourire devant les copains.

Tu peux courir, mon grand ! Il va falloir venir me chercher dans ma chambre, maintenant, et me supplier de bien vouloir écouter les raisons de ta tête de cochon d'hier.

Samedi 29 mars, 8 h 30

Nous voilà réconciliés.

Paddy est dans la salle de bains pendant que j'écris ces lignes.

Il est monté prendre de mes nouvelles hier en fin de matinée et je l'ai accueilli avec ma soupe à la grimace maison. Une fois installé devant une tasse de café, il a tenté de faire comme si de rien n'était. Il a meublé tant bien que mal en me racontant qu'Hélène les avait interpellés avec Léon, ce matin, pour se plaindre des sollicitations incessantes des journalistes.

— Paddy, j'ai passé une très mauvaise nuit à cause de notre fâcherie d'hier.

— Je sais, je veux dire, moi aussi. Enfin… Je m'en suis beaucoup voulu de vous avoir abandonnée ainsi hier soir, mais vous comprenez, je n'ai pas apprécié que vous parliez de notre accord devant la bande hier au restaurant.

— Oh ! Pardonnez-moi, je… Mais enfin, vous alliez leur en parler, de toute façon, non ?

— Je ne sais pas, Jane. Peut-être que cela n'était pas vraiment réel tant que ce n'était qu'une promesse entre nous.

— Merci !

— Non, ce n'est pas ce que je veux dire. C'est-à-dire que je ne sais pas comment m'y prendre et je pensais parler à Thomas, un de ces jours, mais pas tout de suite…

— Oui, c'est vrai que nous avons toute la vie devant nous.

— Maintenant que vous l'avez dit aux autres, je vais devoir le faire pour de bon et je crois que cela me terrifie.

— Thomas est un jeune homme intelligent, il comprendra. J'en suis certaine.

— Faites-moi plaisir…

— Oui ?

— Allons déjeuner à présent. Je ne supporte plus d'être sans vous au milieu de tous ces vieux.

Finalement, nous avons opté pour une simple salade de lentilles dans mon studio. Nous étions trop fatigués pour rejoindre nos amis et avions besoin d'une bonne sieste pour récupérer de notre mauvaise nuit.

À peine réveillés de la sieste, on a sonné à la porte. Une fois, deux fois, de plus en plus, cela ne pouvait être qu'une urgence.

Que nenni ! Nous avons trouvé Lucienne, essoufflée et excitée comme une puce, et Léon, un air résigné sur le visage.

— J'ai bien tenté de lui dire que nous pourrions discuter avec vous au dîner, mais… enfin, vous connaissez Lulu, quoi !

— Asseyez-vous, a dit Paddy, je vais préparer une tisane.

— J'ai eu une idée géniale, a claironné Lucienne.

Et il faut bien avouer que son idée était vraiment brillante.

Nous devons nous rendre à l'évidence, la presse commence tout juste son harcèlement. Plus la promotion de Loulou va prendre de l'ampleur et plus nous allons attirer les curieux. Ça finira par se tasser, mais il va falloir supporter cela quelques semaines encore.

— Quelques semaines au mieux ! À mon avis, on est partis pour quelques mois.

Léon a poursuivi les explications de sa douce.

À peine rentré du restaurant la veille, il a reçu un message de Jo qui demandait que nous le rappelions. Comme il était encore un peu soûl, il a piqué un petit somme avant et, lorsqu'il a voulu le rappeler, Jo à son tour n'était plus disponible.

— Bon sang, viens-en au fait, Léon, pourquoi ce besoin de toujours donner des détails insignifiants ? a soupiré Lucienne. Quand Jo est rentré de chez Bocuse, son voisin de chambre savait déjà que nous étions tous allés déjeuner là-bas. Figurez-vous que des clients ont mis des photos de nous sur les réseaux sociaux. Cela s'est retrouvé partout sur Internet en moins de deux heures.

— Les réseaux sociaux ? C'est Facebook, c'est bien ça ? ai-je demandé timidement.

— Oui, entre autres. Il y en a plusieurs. Là, c'est un réseau qui s'appelle Twitter qui a été particulièrement actif. Mais bon, le résultat est le même : nous sommes cernés, les amis, a détaillé Léon à mon intention.

— Putain ! Ce monde moderne me désespère. Qu'est-ce qu'ils en ont à foutre, les gens, de savoir où déjeunent des vieux gâteux comme nous ?

— C'est là que nous faisons erreur, m'a corrigé Lucienne. Notre histoire d'amitié intéresse les gens. Depuis des années, on nous rebat les oreilles avec les problèmes liés à l'âge, au vieillissement, à la dépendance, Alzheimer et j'en passe. Paradoxalement, les publicitaires tentent de nous rassurer en nous parlant du quatrième âge et d'une nouvelle génération de vieux dynamiques.

— Et donc ? s'est impatienté Paddy.

— Donc, l'histoire de Loulou fait rêver, c'est sûr ! Mais on peut toujours penser que ce n'est qu'un cas à part. Par contre, si on raconte l'histoire d'une bande de vieux, alors Loulou n'est plus une exception, il y en a d'autres des comme lui. Et ça, c'est vendeur, croyez-moi !

Lucienne a enfin exposé son idée. Ce matin, elle a contacté une de ses anciennes doctorantes qu'elle savait mariée à un avocat. Au départ, elle voulait seulement en apprendre plus sur le droit à la vie privée parce qu'elle n'avait pas envie que certaines parties de son histoire fassent les choux gras de la presse. De fil en aiguille, elle a compris que nous étions coincés. Apparemment, les journalistes savent très bien où sont les limites et, au pire, chaque rédaction a une petite caisse noire pour assurer ses arrières en cas de condamnation en justice.

— OK, je dois avouer qu'une partie de l'idée m'a été directement soufflée par Marco, le mari de Céline. Voici l'idée : puisque nous sommes coincés, nous n'avons plus qu'à en tirer profit ! Si vous êtes d'accord et si Loulou et sa production n'y voient pas d'objection, nous allons négocier une interview exclusive avec un journal. Ça, c'est la partie qui me vient de Marco. Pour ma part, j'ai pensé que nous pourrions offrir cet argent à une association… au profit des réfugiés du parc, par exemple. Les jeunes qui organisent les maraudes, je suis sûre qu'ils ne seraient pas contre un petit chèque pour la trésorerie de leur association, n'est-ce pas ?

Nous avons pesé le pour et le contre et il apparaît que cette idée est un excellent moyen de tirer profit d'une situation qui promet de nous casser les pieds, quoi qu'il en soit.

Nous avons parlé de ça jusqu'au dîner, pendant le dîner et jusque tard dans la nuit.

Jo est partant lui aussi. Quant à Loulou, il doit interroger sa production, mais il nous a déjà donné son accord de principe par téléphone.

Ce matin, Lucienne a rappelé Marco et il a proposé de venir nous rendre visite demain dans l'après-midi. Nous avons convenu d'un rendez-vous dans un hôtel près de la gare pour qu'il puisse rapidement rentrer chez lui, à Paris.

J'allais oublier, hier nous étions vendredi, alors Florence et les enfants sont venus me rendre visite à l'heure du goûter. Nous sommes allés manger une religieuse au café chez Bernachon.

Je me demande si le personnel se souvient de mes précédentes visites. Profil bas, la Jeannette ! D'un autre côté, je me rassure en me disant qu'il y a trois mois, lorsque je faisais mes « scandales », comme disent Martine et Marjolaine, je ne prenais plus soin de moi. Alors, avec un peu de chance, ils ne me reconnaissent pas.

Lucienne me dirait : « On s'en moque pas mal de ce que ces gens pensent de toi. »

Je sais bien qu'elle a raison, mais on ne se déconditionne pas complètement de son éducation en si peu de temps. Enfin, je crois.

Ma petite-fille était désolée de ne pas avoir beaucoup de temps à m'accorder. Mais moi, une heure avec elle et mes petits-enfants, ça suffit à me revigorer pour la semaine.

C'est que je vais avoir besoin de forces pour les jours qui arrivent, entre la rencontre avec Marco, affronter les journalistes, soutenir Paddy qui doit passer aux aveux avec Thomas et… prendre contact avec X.

En rentrant, j'ai rejoint mes amis à la salle commune. Ils terminaient une partie de rami et nous nous sommes rendus tous ensemble au restaurant de la résidence.

Il nous faut absolument imaginer la version officielle de l'histoire que nous comptons livrer à la presse. Nous avons été intarissables à ce sujet pendant tout le dîner au point de poursuivre la conversation dans mon petit appartement.

Un peu avant minuit, Sylvain est venu toquer à ma porte pour nous demander de rentrer chacun chez soi, car nos fous rires s'entendaient jusqu'à son appartement du rez-de-chaussée. Quand Paddy et Léon ont commencé à négocier un quart d'heure supplémentaire, j'ai éclaté de rire. Nous sommes vraiment des sales gosses. J'ai convaincu mes amis d'être raisonnables, pour une fois, et nous nous sommes séparés bien sagement. Sauf Paddy, qui est resté dormir chez moi.

Ce matin, nous nous sommes réveillés dans les bras l'un de l'autre. Nous sommes restés silencieux, calmes, un long moment. Il est si tendre, mon Paddy.

Dimanche 30 mars,
21 heures

La journée d'hier a été plutôt tranquille. « Le calme avant la tempête », comme dit Paddy avec sa pointe d'accent tellement charmante.

Aujourd'hui, Marco nous a fait une très bonne première impression. Il a l'air d'être un chic type. On voit tout de suite qu'il est passionné par son métier. Il maîtrise son sujet sur le bout des doigts. Il a trouvé notre idée d'aider les réfugiés très honorable et nous a demandé si nous souhaitions que cette information soit diffusée. Nous n'y avions pas du tout pensé. D'après lui, il est de notoriété publique que certains hebdomadaires achètent des exclusivités. Il pense que le public va sûrement imaginer, et à juste titre, que nous avons monnayé notre interview. Pour lui, offrir cet argent à une association est tout à notre honneur et il nous a conseillé de ne pas en faire mystère, car cela renforcera notre capital sympathie.

Il a dit plusieurs fois que nous nous apprêtions à entrer dans une spirale médiatique. C'est un peu angoissant tout de même.

Bon, d'un autre côté, je me demande ce que nous avons à perdre. Notre tranquillité peut-être ?

Nous avons tous signé une convention d'honoraires avec Marco et il nous a remis un tas de cartes de visite que nous devons distribuer à quiconque nous sollicite à propos de Loulou ou de notre histoire avec la bande.

Mardi 1er avril, 14 h 30

La plaisanterie de l'année ! J'ai cru à un poisson d'avril et il y a de quoi franchement !

Marco m'a contactée ce matin après le petit déjeuner. Il s'est excusé de me déranger si tôt (le bougre est encore trop jeune pour savoir qu'avec les années on se réveille de plus en plus tôt). Toujours est-il que, lorsqu'il m'a exposé l'objet de son appel, j'ai bien failli tomber de ma chaise.

Il a reçu ce matin un courriel (je ne sais pas vraiment de quoi il s'agit, mais cela doit être une sorte de courrier moderne) dans lequel la production de Michel Drucker sollicite ma participation pour l'enregistrement d'un sujet sur Loulou.

Vivement dimanche ? Le fauteuil rouge, la petite chienne et Michel, bon sang ! Michel Drucker !

Cela peut-il être autre chose qu'un poisson d'avril ? J'ai fait promettre à Marco qu'il ne se fichait pas de moi. Quand même, ce serait sadique de faire mariner une vieille dame comme moi, non ?

D'après le message, l'émission de la semaine prochaine est consacrée à Sami.

Bien sûr, notre rappeur préféré a souhaité mettre son nouvel ami en lumière (bon, d'après Marco, il s'agit surtout d'un accord entre les maisons de disques, mais là, ça me dépasse). Et qui dit Loulou, dit la bande à Loulou !

Il se peut que cela aille un peu loin.

Voilà l'idée, l'émission sera diffusée le 6 avril, c'est-à-dire le jour de mon anniversaire. Quand l'agent artistique de Loulou lui a demandé de rester à Paris la semaine suivant la diffusion, il a refusé en disant qu'il souhaitait rentrer à Lyon à tout prix après l'enregistrement, car il voulait être présent pour cette occasion.

— Cette conversation a eu lieu devant les producteurs de *Vivement dimanche*, a expliqué Marco. Il n'en a pas fallu plus pour qu'ils demandent mon contact à l'agent de Loulou.

— Ah, alors, ce n'est pas Loulou qui souhaite ma présence ?

— Non, pas exactement. À vrai dire, il n'est pas au courant. L'émission sera diffusée le jour de votre anniversaire, la production veut faire un « happening »...

— Un happe quoi ?

— Pardon, ils veulent organiser une surprise. Vous rejoignez Loulou sur le plateau, la production vous apporte un gâteau et, au moment de souffler les bougies, toute la bande est présente... bla-bla-bla, je vous laisse imaginer l'impact sur l'audience.

— Non, je vous le laisse imaginer pour moi. Vous savez, tout ça me dépasse, Marco. Sauf votre respect, j'ai arrêté d'écouter ce que vous venez de dire après les mots « invitation » et « Michel Drucker ».

— Alors, cela veut dire que vous acceptez ? Si c'est le cas, je vais devoir recommencer ma négociation avec *Paris Match* pour l'interview. Vous comprenez, l'émission sera diffusée juste avant, cela promet de faire s'envoler les prix. Je ne peux que vous recommander de dire oui.

— Oui, et mille fois oui !

Putain de bordel de merde ! Oui, je suis vulgaire et alors ? Michel Drucker, bon sang !

Au déjeuner, lorsque j'ai raconté cela à la bande, personne ne m'a crue, bien sûr. Le poisson d'avril semblait trop gros. Mais il faut croire que Paddy doit inspirer plus de sérieux que moi, car lorsqu'il a corroboré mon récit, Lucienne et Léon ont cessé de douter quasi instantanément.

Nous avons appelé Jo et il doit demander à son médecin l'autorisation exceptionnelle de se rendre à Paris. Nous croisons tous les doigts.

Mercredi 2 avril, 18 heures

Pas grand-chose à raconter aujourd'hui.

J'ai reçu une petite visite de Nicolas et je lui ai parlé de ce que nous étions en train de tramer avec la bande. Il a semblé ravi pour moi mais, avant de partir, il m'a serrée dans ses bras et m'a demandé de faire bien attention.

— Qu'est-ce qui pourrait bien m'arriver, mon chéri ?

— Je ne sais pas, Mamie. Je sais que tu es en forme pour ton âge et tout, mais quand même…

— Quand même quoi, mon trésor ?

— Tu vas avoir quatre-vingt-deux ans dimanche.

— Et alors ? Au pire, je meurs. Qu'est-ce que ça peut bien fiche ? Je préfère m'amuser comme nous le faisons avec les copains plutôt que de rester croupir ici à attendre la mort.

— Pardon, Mamie. Je… euh… tu as raison. Tu as entièrement raison. Mais c'est que nous, je veux dire, nous ta famille, on a un peu l'impression que tu nous échappes et on se fait du souci. Aucun de nous n'est prêt à te voir… enfin tu comprends…

— Sois tranquille mon chéri, moi non plus, je ne suis pas prête à passer l'arme à gauche. Tu sais quoi, j'ai encore plein de choses à vivre. Soyez tranquilles, Mamie sera sage.

Nous avons ri, nous nous sommes serrés fort.

En relâchant notre étreinte, j'ai demandé à mon petit-fils pourquoi il souriait bêtement. Il trouvait étrange et amusant à la fois que je sente le parfum de Paddy.

— Petite coquine, va ! m'a-t-il dit en me pinçant la joue comme on le fait à une enfant.

Jeudi 3 avril, 9 h 15

Je n'ai pas fermé l'œil de la nuit.

Nous sommes à bord du TGV direction Paris – studio Gabriel. J'ai encore beaucoup de mal à réaliser.

Il y a Léon et Lucienne, Paddy et... Jo ! Son médecin trouve qu'il est en forme et n'a pas eu le cœur de lui refuser l'escapade.

Pour ne pas faire de gaffe avec Loulou, nous rejetons tous ses appels depuis mardi. Je pense que l'effet de surprise va être grandiose.

Jo est de retour parmi nous, pour sûr ! Il n'arrête pas de nous faire rire.

— Imaginez, la surprise. On arrive tous sur le plateau, et là, le Loulou, il claque d'une crise cardiaque tellement ça lui fout un coup de nous voir tous là !

Jeudi 3 avril, 22 heures

Bon sang ! Quelle journée ! Je pense qu'il s'agit de la plus loufoque de toute ma vie.

Un chauffeur nous attendait à la gare avec un panneau sur lequel était inscrit « la bande ». Nous avons filé vers le studio Gabriel qui, comme son nom l'indique, se situe sur l'avenue du même nom. Ils nous ont fait entrer par une porte dérobée et la charmante attachée de presse qui nous a accueillis nous a demandé d'être discrets jusqu'à l'arrivée dans notre loge.

Il y avait des écrans partout dans les couloirs. On voyait bien que l'on ne risquait pas de croiser Loulou. Notre ami était confortablement assis sur le canapé rouge, en train de taper le bout de gras avec Michel Drucker comme si cela était absolument naturel pour lui de se trouver là.

— Quand même on ne sait jamais. Imaginez qu'il demande une pause pour aller aux toilettes, a précisé la jeune femme.

— Ah oui, fichue prostate, s'est moqué Jo.

Nous sommes restés bien sages jusqu'à la séance de maquillage où Jo, Léon et Paddy s'en sont donné à cœur joie pour faire les clowns.

Et puis cela a été à mon tour d'entrer en scène. Jusqu'ici, j'avais tout fait pour ne pas me projeter sur le tournage. Avec les années, si j'ai bien appris une chose, c'est que la peur n'éloigne en rien le danger. Au contraire même. Alors je m'étais efforcée de ne pas m'en faire une montagne, mais…

Un jeune homme, casque sur la tête, est venu me chercher dans la loge et a dit à mes amis que ce serait leur tour d'ici deux minutes.

J'aurais préféré entrer sur le plateau avec eux, mais le « fil conducteur » avait prévu tout autre chose.

La production m'avait prêté une superbe robe rose et gris de chez Valentino. J'avoue que j'avais fière allure. Un instant, j'ai pensé que, si X regardait la télévision et si, par le plus grand des hasards, il parvenait à reconnaître la vieille bique que j'étais devenue, il se pourrait qu'il ne me trouve pas si flétrie que ça. Les maquilleuses avaient fait du bon boulot et cette robe m'allait à ravir.

Depuis les coulisses, on entendait tout ce qu'il se passait sur le plateau.

— Alors, Loulou, votre histoire est incroyable. Pour tout vous dire, et j'en ai introduit des biographies d'artistes, mais la vôtre… je dois dire qu'elle est absolument hors du commun. Arrêtez-moi si je me trompe. Vous êtes né à Lyon en 1933, donc si je compte bien vous avez eu quatre-vingts ans l'année dernière.

— C'est bien cela, le 22 décembre.

— Et donc votre carrière a commencé quand vous aviez dix-huit ans. Sauf que, malheureusement, aussitôt commencée aussitôt interrompue, n'est-ce pas ?

Les coupures de journaux que Loulou nous avait montrées deux mois plus tôt défilaient en fond de plateau sur un immense écran.

— Eh bien oui. J'ai quelques défauts vous savez, mais je crois, enfin, j'espère être un homme droit. À l'époque, je fréquentais la plus sublime des jeunes femmes. Lorsque j'ai appris qu'elle attendait notre premier enfant, j'ai tout arrêté et je suis revenu à Lyon pour l'épouser et construire notre famille.

Les photos se sont faites plus intimes. On y voyait Loulou et Édith, le jour de leur mariage. Les enfants, les vacances, la façade de l'entreprise familiale.

— Donc, finalement, vous faites le choix de votre famille plutôt que de votre carrière. J'ai une question qui me taraude, Loulou... Je peux vous appeler Loulou ?

— Bien sûr, je vous en prie, Michel. Je peux vous appeler Michel ?

Rire du public, de Michel et de Sami.

— Et durant les soixante années qui viennent de s'écouler, pas une seule fois, vous n'avez pensé à reprendre le micro ?

— Pour être tout à fait honnête, non ! Jamais ! Avec Édith, ma femme, nous avons eu cinq enfants, et puis j'ai repris la société d'ameublement de mon beau-père. J'ai été bien occupé ces soixante dernières années, vous savez. En fait, jusqu'à ce que nous en parlions récemment avec mes amis...

— Ah, pardonnez-moi, il faut que nous expliquions aux téléspectateurs qui sont ces fameux amis. Parce

282

qu'il me semble qu'ils ont une grande importance dans ce qu'il vous arrive aujourd'hui, non ?

— Oui, absolument. Il y a quatre ou cinq ans, j'en avais marre de vivre seul dans notre maison. Édith était décédée depuis huit ans déjà et je me sentais... seul. Une de mes sœurs venait de s'installer à la résidence pour personnes âgées où je vis aujourd'hui. Bon, la pauvre, elle est morte peu de temps après mon arrivée. Mais en lui rendant visite, chaque fois, je trouvais que ce n'était pas aussi horrible que ce que l'on s'imagine. En tout cas, là où nous sommes, c'est plutôt coquet et le personnel est vraiment gentil. Vous savez, ce ne sont pas vraiment des chambres, mais plutôt de petits studios. On peut apporter certains de nos meubles pour se sentir chez soi et... ah là là je m'égare, pardonnez-moi.

— Je vous en prie, Loulou. Alors parlez-moi de cette fameuse bande.

— Bien, disons qu'avec les années nous avons formé une petite bande. J'ai d'abord rencontré Jo et Léon, puis Léon a abordé Lucienne, c'est sa fiancée, ils vont bientôt convoler en justes noces. Nous étions un petit groupe de quatre et l'on se marrait bien. Il y a quelques mois, Paddy nous a rejoints, et enfin, dernièrement, nous avons sympathisé avec Jeanne, la dernière de nos recrues.

— Alors Jeanne justement ! Parlez-moi de cette Jeanne. C'est une dame qui compte beaucoup pour vous ? Est-ce que ce n'est qu'une amie ?

— Bien sûr, voyons ! s'est amusé Loulou. D'autant qu'elle fréquente Paddy depuis quelque temps.

— Non mais, dites-moi, c'est une véritable agence matrimoniale votre petite bande !

Tout le plateau a ri. Moi je me demandais seulement si j'avais le temps d'aller aux toilettes.

— Donc, d'après ce que Sami nous a expliqué, avec votre joyeuse petite bande, vous aimez faire la fête et vous avez mis en place un rituel qui consiste à vous raconter des secrets de votre passé. Des regrets, précisément.

— C'est cela. Ensuite, on fait comme on peut et on s'entraide pour rattraper ce regret. Je ne suis pas sûr d'être clair.

— Si, si, parfaitement. Donc il y a deux mois, c'était votre tour et vous avez raconté à vos amis que vous aviez été la coqueluche des music-halls dans les années cinquante.

— Oui. Jusque-là, je n'en avais jamais parlé à personne. Ni à la famille ni aux amis.

— Mais alors, pourquoi maintenant ? Vous saviez bien que, si vous leur racontiez cela, vos amis allaient vouloir vous aider à chanter à nouveau.

— Eh bien, il y a ce chanteur, Michel Monaco, il vient souvent à la résidence se produire pour nous. Il est doué. Il ne fait pas une grande carrière à la télévision, mais il vit de sa musique, il a l'air heureux et, surtout, il nous rend tellement heureux chaque fois qu'il chante pour nous. À force de le voir, j'ai repensé de plus en plus à mes spectacles et puis, sans m'en rendre compte, j'ai recommencé à écrire des chansons.

— Parce qu'il faut préciser que ce type-là devant vous, est intervenu Sami qui avait écouté Loulou religieusement jusqu'alors, ce type n'a jamais vraiment cessé d'écrire des chansons et des poèmes. Vous voyez, la vie, la vie, elle peut faire taire un poète, mais elle pourra jamais tuer la poésie. Respect Loulou !

Drucker a poursuivi :

— Donc c'est à votre tour de raconter votre regret, vous déballez tout à vos amis et là, le hasard fait bien les choses, c'est le moins que l'on puisse dire.

Sami trépignait d'impatience de déballer sa partie du récit.

— La Jeanne dont tu parlais tout à l'heure, Michel, c'est une sacrée madame. Elle connaît mon producteur et elle n'a pas hésité à l'appeler pour lui demander d'aider Loulou à réaliser son rêve. Moi, je crois aux signes du destin, c'est pas possible autrement. Figure-toi que sa fille ou sa belle-fille, je sais plus, a appelé mon prod JL alors qu'on venait de se faire planter par ma première partie pour l'Olympia.

— Donc, d'une certaine manière, Sami, vous avez aidé Loulou, mais il vous a aussi ôté une épine du pied ce jour-là ?

Sami s'est tourné vers Loulou et l'a serré dans ses bras.

— Plus que ça, même !

Sami s'est à nouveau tapé deux fois le cœur avec le poing fermé. Dieu que ce tic m'agace.

— On m'a rapporté, Loulou, que vous aviez failli refuser l'invitation de Sami à venir sur ce fauteuil parce que vous aviez mieux à faire aujourd'hui ?

— Euh, ah bon ?

— Ce ne serait pas l'anniversaire de cette fameuse Jeanne aujourd'hui même ?

— Ah, euh… eh bien…

Le présentateur aux cinquante ans de carrière a vite compris que Loulou était perdu. Nous étions jeudi 3 avril, ce n'était pas mon anniversaire. L'émission en revanche serait bien diffusée le jour dit.

— Nous avons une surprise pour vous, Loulou. Mesdames et messieurs, veuillez accueillir comme il se doit la fameuse Jeanne.

Une assistante m'a poussée par-derrière, un stagiaire m'a attrapé le bras pour m'aider à avancer. Je l'ai repoussée avec tact mais fermeté. Dis donc petit, je sais encore marcher toute seule.

Je suis entrée sur le plateau en gonflant la poitrine, la tête haute et arborant un large sourire. Loulou a fait un bond sur le célèbre fauteuil rouge en me voyant me diriger vers lui. Le pauvre n'était pas au bout de ses surprises. À peine le temps d'une accolade et Lucienne, Léon, Jo et Paddy faisaient leur entrée par l'autre côté du plateau en poussant un chariot et un gros gâteau d'anniversaire à mon intention.

Je serais tentée d'écrire que la suite ne se raconte pas, car elle fait partie des instants magiques, bla-bla-bla. Pas du tout ! Je ne peux simplement pas raconter la suite, car je ne m'en souviens plus très bien. C'était tellement incroyable de se trouver sur le plateau de Monsieur Drucker à trinquer en avance pour mon anniversaire que j'ai oublié une grande partie de l'interview et des moments qui ont suivi.

Cela m'a fait l'impression de me réveiller d'un très beau rêve, on se sent bien, léger, mais on ne parvient pas à remettre tous les morceaux en place. Heureusement, il y aura la diffusion dimanche pour se souvenir. J'espère quand même que nous n'avons pas dit trop de bêtises.

Nous avons quitté le studio d'enregistrement en toute fin de journée. Tout le monde était épuisé, mais nous avons quand même eu la joie de prendre une coupe de champagne avec Michel. Quel homme ! Aussi charmant devant que derrière les caméras.

Nous sommes rentrés à l'hôtel tous ensemble et n'avons pas fait long feu devant notre dîner.

Il est tard à présent, je devrais dormir un peu, mais l'excitation de la journée opère toujours. Paddy est, lui aussi, toujours monté sur ressort malgré l'heure tardive et la journée incroyable que nous venons de traverser.

Vendredi 4 avril, 8 heures

Je me suis réveillée tôt ce matin et je suis prête à affronter mon regret.

Je dois d'abord clarifier un peu la situation avec Paddy et ensuite direction l'avenue Mac-Mahon.

Vendredi 4 avril,
16 heures

Je suis dans le train pour rentrer à Lyon.

Lorsque Paddy s'est réveillé, vers 8 h 30, il m'a trouvée douchée, habillée et, il faut bien l'avouer, sur mon trente et un.

— Paddy, je vais le faire. Aujourd'hui. Tout me conduit à Paris depuis quelques semaines. C'est un signe. Vous avez raison, je dois prendre les choses en main et aller au bout de cette histoire.

— Bien. Je suis content que vous soyez décidée, ma très chère Jeanne.

— Je, enfin, je pense que cette situation éveille en moi des souvenirs très désagréables. Voyez, me voilà encore une fois tiraillée entre deux hommes. Enfin, je veux dire que...

— Oui. Je comprends. Il y a eu André et X et, à présent que vous vous apprêtez à retrouver X, il y a... enfin, je suis là.

— Oui, mais croyez-moi, Paddy. Il ne s'agit que d'une impression désagréable, car il n'est en aucun cas question que je retombe dans les bras de cet... de ce... Il n'est qu'un souvenir.

— Un souvenir persistant, a poursuivi Paddy en attrapant mes doigts nerveux qui jouaient avec la broche en forme de paon que j'avais arborée tout l'hiver sur le revers de mon manteau. Un bijou en vermeil et saphir. Quarante-cinq ans, les noces de vermeil, bon sang !

En quittant la chambre et en déposant un baiser sur les lèvres de Paddy, je savais déjà que, peu importait ce que j'allais trouver lors de ma visite surprise, je serais très vite de retour... auprès de mon gentleman anglais.

Le taxi m'a déposée devant l'immeuble un peu avant 11 heures. C'est seulement une fois sur le trottoir que j'ai pensé que rien ne m'assurait que X serait chez lui à cette heure, un jour de semaine. L'idée ne m'avait même pas traversé l'esprit avant. Ou peut-être qu'au fond de moi j'espérais trouver porte close pour pouvoir rentrer auprès de la bande en ayant accompli mon devoir.

Ma première surprise fut de découvrir que l'immeuble abritait le siège d'une société de villages de vacances bien connue. Le nom de X était partout sur la devanture et sur l'Interphone. Je suis entrée timidement et je me suis dirigée vers l'hôtesse assise derrière la banque d'accueil.

— Bonjour, mademoiselle. Je, hum, je souhaiterais m'entretenir, si possible, avec Xavier de Brunelle ?

— Bonjour, madame, m'a répondu la charmante hôtesse, embarrassée de devoir envoyer paître une vieille dame, si vous n'avez pas rendez-vous avec M. de Brunelle, je crains de ne pouvoir vous aider.

— Je suis une vieille, enfin, une très vieille amie. Si vous lui dites que Jeanne Legaud l'attend à l'accueil, je suis certaine qu'il souhaitera me recevoir. Ne vous inquiétez pas, mon petit, je suis sûre qu'il vous remerciera de l'avoir dérangé pour cela... enfin, je l'espère, ai-je ajouté en murmurant pour moi-même.

L'hôtesse a semblé plus qu'embarrassée, mais elle était vive d'esprit et elle a très vite compris que je ne comptais pas abandonner si facilement.

— Caroline ? Dis, je suis désolée de te déranger, mais j'ai une dame qui souhaiterait voir M. de Brunelle. Elle s'appelle Jeanne Legaud, c'est bien ça, madame ? Legaud, je n'écorche pas votre nom ?

— C'est cela même.

La réceptionniste a précisé que j'étais une amie de monsieur.

— ...

— J'aimerais dire à madame de repasser, mais disons que, enfin... à son âge, je préférerais ne pas lui faire faire des allers-retours.

Elle venait de faire mouche avec ce dernier argument. Son interlocutrice lui a demandé de me faire patienter.

Ma complice m'a dirigée vers un salon d'attente à la température idéale, aux fauteuils confortables à souhait. Je ne sais plus très bien combien de temps je suis restée là. J'avais la nausée et les mains moites comme la veille d'un premier rendez-vous. Intérieurement, c'était la tempête émotionnelle.

Je me répétais en boucle : « Vous prenez un café, vous vous rappelez le bon vieux temps. Point à la ligne ! » Mais tout se bousculait dans ma tête. « Je lui dis que je voulais le suivre à Paris à l'époque, mais qu'André a fait une crise cardiaque. C'est sûr, s'il m'a vraiment aimé, il se souviendra de combien les signes sont importants pour moi. Une crise cardiaque, c'est quand même un sacré signe. Bon, après, je lui explique que je suis là parce que j'ai appris il n'y a pas longtemps que la crise cardiaque, c'était du pipeau. On trouve ça dommage, stupide, terrible, que sais-je… Je le remercie pour les cadeaux, on se fait croire qu'on va se revoir, on se dit au revoir et je suis dans le train de 14 heures direction ma vraie vie. »

J'étais perdue dans mes pensées tourmentées quand il est entré. En le voyant, j'ai poussé un cri et je me suis évanouie.

À mon réveil, un homme d'une quarantaine d'années était accroupi devant moi, il me tenait la main en chuchotant :

— Je suis désolée, je vous prie de me pardonner, Jeanne, je n'ai pas pensé que la ressemblance pouvait vous troubler à ce point.

Xavier de Brunelle fils était le portrait craché de son père.

Nous sommes montés dans son bureau au dernier étage du bâtiment et, une fois installés dans le coin salon, il m'a expliqué.

— Mon père nous a quittés il y a quelques années à présent. Mais… je sais très bien qui vous êtes, Jeanne. À sa mort, il m'a laissé une très longue lettre dans laquelle il me disait tout de son « grand amour ».

C'est comme cela qu'il vous appelle dans son testament : « Mon grand amour. » Je ne sais pas pourquoi il ne m'a jamais parlé de vous. D'après sa lettre, vous avez compté pour lui... plus que de raison. Il a rencontré ma mère plusieurs années après votre... votre séparation. Elle était plus jeune que lui. Ils sont restés mariés cinq ans. D'après ce qu'il m'explique dans sa lettre, il a beaucoup aimé ma mère, mais il n'a jamais pu vous oublier. Tout au long de sa vie, il a espéré votre visite. Je crois qu'il s'est simplement jeté à corps perdu dans les affaires... et dans son rôle de père aussi... Il a été un papa formidable, croyez-moi. Pour l'époque, ce n'était pas banal de voir un homme s'occuper autant de son fils.

— Cela ne m'étonne pas du tout. Un homme comme lui ne pouvait être qu'un père à la hauteur.

— Il a été plus qu'à la hauteur. Avec maman, ils ont emménagé dans le même immeuble et ils ont organisé notre vie autour de trois appartements. Ils avaient chacun le leur et, au dernier étage, il y avait notre maison. L'endroit où je vivais et où ils s'installaient chacun son tour selon leur semaine de garde. C'est eux qui alternaient leur lieu de vie. Tout ça pour que je vive dans un foyer stable à défaut d'être uni.

— Quelle modernité !

— Oui, papa a toujours été un homme d'avantgarde. Dans l'entreprise aussi, il a été un patron droit et reconnaissant. À bien y réfléchir, il n'y a que dans ses amours qu'il a échoué. Enfin... pardon, je ne voulais pas...

Les larmes coulaient à flots sur mes joues, Xavier s'est levé et m'a prise dans ses bras. J'ai fermé les yeux pour profiter une dernière fois de cette étreinte unique. Son parfum ressemblait à celui de son père sans être tout à fait le même, ses bras m'entouraient comme ceux de son père des années plus tôt. Le temps s'est arrêté. Puis le téléphone a sonné. Mon hôte a fait claquer sa langue dans sa bouche en signe d'agacement et s'est dirigé vers le combiné.

— Caroline, merci de ne pas me déranger pour le moment. Je vais sortir déjeuner avec Mme Jeanne. Pouvez-vous nous réserver une table chez…

— Je, excusez-moi, je dois rentrer à Lyon par le train de 14 heures, disons 15 heures au plus tard, l'ai-je interrompu.

— Alors, j'ai une meilleure idée, voyez plutôt, s'il reste une table au Train Bleu, s'il vous plaît.

Son chauffeur nous a déposés devant la gare. Nous n'avons pas dit un mot de tout le trajet.

Une fois attablés, Xavier a repris ses explications.

— Je n'ai pas choisi ce restaurant seulement pour sa proximité avec votre train. Le lendemain de votre fuite manquée, il est venu ici. Il hésitait à retourner à Lyon pour vous retrouver. Il a bu du café, puis du vin, puis du whisky toute la journée. Finalement, il est rentré chez lui et il s'est fait à l'idée que vous aviez renoncé.

— Le lendemain ? C'était le 30 mai alors. Le jour de la Sainte-Jeanne.

— Exactement et il est venu comme en pèlerinage dans ce restaurant, chaque année, le 30 mai, jusqu'à sa mort. Finalement, je crois qu'il n'a jamais renoncé à l'idée que vous puissiez le rejoindre un jour.

— Je n'ai pas renoncé, Xavier. Le jour où, enfin, le 29 mai, cette année-là, au moment où j'allais quitter ma maison pour me rendre à la gare, on m'a appelée. Mon mari venait de faire une crise cardiaque.

— Mais… mais alors, vous êtes veuve depuis tout ce temps, pourquoi, enfin…

— Non, ne vous méprenez pas. André n'est pas mort, il a fait une crise cardiaque, mais il a survécu.

— Ah, je comprends…

— Moi, je crois au destin, vous voyez. C'est comme ça depuis toujours.

— Je le sais. Papa parle beaucoup de vous et de votre rencontre dans sa lettre. Il était émerveillé par votre manière de voir le monde.

— Je dois vous avouer quelque chose, Xavier. C'est la raison qui m'a conduite jusqu'à vous aujourd'hui.

— …

— Il y a quelques semaines, j'ai appris que mon amie la plus proche, la seule au courant de mon histoire avec votre père, elle, enfin… elle m'a avoué que… la crise cardiaque, c'était du bidon. Elle avait tout raconté à mon mari et, pour m'empêcher de partir, ils m'ont fait croire qu'il avait frôlé la mort… J'ai eu tellement peur et puis j'étais rongée par la culpabilité, je…

— Ne vous justifiez pas avec moi, Jeanne. Je ne vous juge pas. Je sais que c'était une autre époque. En lisant la lettre de mon père, j'ai mesuré comme vous aviez dû vous aimer à l'époque.

— Je l'ai tellement aimé…

— Avant de vous raviser, vous étiez prête à quitter vos enfants pour lui, ce n'est pas rien, tout de même.

— Mais je suis restée. Un mensonge m'a ramenée à la raison… et à la maison.

Je l'ai regardé à m'en faire mal aux yeux. Sa présence était tellement troublante. Il avait le regard de son père, la carrure de son père, sa voix, bon sang ! Sa voix était exactement la même que celle de X.

Pendant un moment, j'ai pensé que Xavier aurait pu être notre fils, celui que nous nous étions imaginé tant de fois. Celui que nous nous promettions. Les larmes ont coulé à nouveau. Cette fois-ci, elles étaient douces et résignées. Derrière les larmes, je voyais le visage de ma petite Rose.

Les serveurs qui observaient notre conversation de loin ont profité de ce premier silence pour apporter nos plats. Nous n'avions que très peu d'appétit et les assiettes sont reparties comme elles étaient arrivées.

— Mais alors, les cadeaux ? C'était vous ?

— Oui. Dans sa lettre, papa me demandait de poursuivre la tradition du 29 mai. Je ne pouvais pas contrarier l'une des dernières volontés de mon père, n'est-ce pas ? Vous voyez, c'était le genre d'homme qui ne laissait rien au hasard, il avait tout prévu.

— Tout sauf qu'il pouvait mourir au mois de mai.

— Comment est-ce que vous savez ? Il est mort un 26 mai en effet.

— Le 26 mai 2007, c'est bien cela ? Et il a fallu quelques jours ou semaines pour que la lettre vous soit remise par le notaire avec le testament, n'est-ce pas ? C'est pour cela qu'il n'y a pas eu de colis du 29 mai cette année-là ? ai-je demandé en lui prenant la main.

Xavier a acquiescé et nous sommes restés silencieux. Xavier père, l'amour de ma vie, X, mon amant anonyme et secret, était comme assis à nos côtés. Il souriait de nous voir enfin réunis dans ce restaurant.

Nous nous sommes serrés fort sur le quai de la gare en promettant de nous revoir bientôt.

Nous savons tous les deux que nous n'en ferons rien.

Mais, après tout, comment aurions-nous pu nous quitter autrement que dans une promesse non tenue ?

Le train entre en gare de Perrache. C'est Florence qui m'attend pour me ramener à la résidence. À défaut de notre goûter du vendredi, ma petite-fille s'est proposée comme chauffeur.

Je dois bien l'avouer, j'ai une sacrée famille !

Dimanche 6 avril, 7 h 30

Bon sang, quatre-vingt-deux ans ! Bon anniversaire à moi !

P.-S. : Demain, je dois absolument aller à la librairie acheter un carnet neuf. Celui-ci est terminé et j'écris sur des feuilles volantes depuis le début de la semaine.

Épilogue

Jo est retourné à la résidence début mai. Il est toujours très discret sur son passé et un pitre hors pair.

Paddy a trouvé le courage de tout avouer à son fils. Après quelques semaines d'incompréhension, leur relation s'est apaisée. Ils sont allés ensemble à Manchester à plusieurs reprises.

Lucienne et Léon se sont mariés entourés de tous leurs amis. Contre toute attente, la mariée portait une magnifique robe bleu canard. La fête fut mémorable. Les tourtereaux ont emménagé ensemble dans un petit appartement du dernier étage de la résidence à la fin de l'été. Le traiteur retraité a concocté de bons petits plats à son épouse jusqu'à la mort de celle-ci. Léon est mort de chagrin trois mois après sa belle rousse.

Loulou s'est épuisé sur toutes les scènes de France pendant plus de trois ans. Son premier disque a été un succès. Son deuxième album est sorti à titre posthume et a également obtenu la reconnaissance de la presse et du public.

Jeanne a finalement pardonné sa trahison à Marie-Aimée, mais leur amitié n'a plus jamais été la même.

La tendre histoire d'amour de Jeanne et de Paddy a duré jusqu'à son dernier souffle. Au décès de Jeanne, d'une stupide grippe hivernale, Paddy est retourné vivre à Manchester. Il termine sa vie auprès de sa sœur jumelle.

Monsieur Boris a toujours son tic de gorge qui agace tant les résidents. Hélène et le facteur continuent de flirter sans passer à l'acte. Betty est toujours aussi bavarde. Sylvain, le gardien de la résidence, n'oubliera jamais cette joyeuse bande d'octogénaires.

Remerciements

Parce que je suis de celles qui disent merci, merci encore et merci mille fois, si tu cherches ton nom dans ces quelques lignes, c'est qu'il y a de grandes chances que je pense à toi au moment où je les écris.

Alors merci, merci encore et merci mille fois…

Merci à ma famille en France et à Manchester, à ma belle-famille qui depuis le temps est devenue ma famille, à mes amis, ceux de toujours, mes potes à la compote et aux nouveaux qui seront un jour à leur tour des amis de toujours.

Merci Flo, ma précieuse bêta-lectrice.

Merci à Eric Cheucle.

Merci à mes parents pour l'amour et le rock'n'roll et à mes chatons-sœurs bien sûr.

Merci à mon merveilleux mari d'être un merveilleux mari.

Merci la vie pour nos deux petits trésors d'amour.

Un merci tout particulier à ma maman. Merci de m'avoir encouragée à poster une deuxième nouvelle pour le concours e-crire AuFeminin. « Tu sais, cette mamie qui simulait la démence.» Faut toujours écouter sa maman.

Merci bien sûr à toute l'équipe d'AuFeminin et e-crire AuFeminin, merci Marie-Laure Sauty de Chalon et merci aux membres du jury de l'édition 2016. Éternelle reconnaissance, c'est grâce à vous que tout commence…

Merci à Florian Lafani pour ta confiance, ta disponibilité et tes précieux conseils.

Merci à Marie d'avoir accompagné mes premiers pas d'auteure et à Natalie pour ceux à venir.

Merci, merci encore et merci mille fois…

Composé par Nord Compo
à Villeneuve-d'Ascq (Nord)

Imprimé en France par

MAURY IMPRIMEUR
à Malesherbes (Loiret)
en novembre 2020

POCKET - 92 avenue de France, 75013 PARIS

N° d'impression : 249605
S30792/03